REBIRTH ACE 리버스 에이스

REBIRTH
ACE 리버스
에이스 10

한승현 장편 소설

초판 1쇄 찍은 날 | 2017년 5월 16일
초판 1쇄 펴낸 날 | 2017년 5월 23일

지은이 | 한승현
펴낸이 | 예경원

기획 | 위시북스
편집책임 | 박우진
편집 | 이즈플러스

펴낸곳 | 예원북스
등록번호 | 제396-2012-000132호
등록일자 | 2012. 7. 25
KFN | 제1-106호

주소 | 경기도 고양시 일산동구 호수로 646-24 위너스21 II 빌딩 206A호 (우)10401
전화 | 031-819-9431 팩스 | 031-817-9432
E-mail | yewonbooks@naver.com

ISBN 979-11-6098-251-0 04810
979-11-5845-486-9 (set)

※ 이 도서의 국립중앙도서관 출판시도서목록(CIP)은 서지정보유통지원시스템 홈페이지(http://seoji.nl.go.kr)와 국가자료공동목록시스템(http://www.nl.go.kr/kolisnet)에서 이용하실 수 있습니다.

REBIRTH
ACE
리버스 에이스
WISHBOOKS MODERN FANTASY STORY
한승현 장편소설
10
자격을 얻다
Wish
Books

REBIRTH ACE
리버스 에이스

CONTENTS

53장
한정훈 vs 범가너(3)

'이게 과연 인간이 가능한 피칭일까?'

에디슨 범가너가 다시 기록지로 눈을 돌렸다.

4.1이닝 동안 한정훈의 탈삼진은 9개. 5이닝을 던진 에디슨 범가너보다 2개가 더 많았다.

반면 투구 수는 절반 수준이었다.

한정훈은 33구, 에디슨 범가너는 67구.

0.2이닝을 더 던졌다는 걸 감안하더라도 누가 더 압도적이며 효율적인 피칭을 했는지가 확연히 드러났다.

그렇다고 해서 에디슨 범가너가 투구 수를 낭비한 건 결코 아니다.

타자당 3.7구면 충분히 효율적이며 공격적인 피칭을 했다고 자부할 만했다.

하지만 타자당 2.53구만 던진 한정훈의 기록과 비교하자면 왠지 모르게 도망치는 피칭을 한 것 같은 착각을 피하기 어려웠다.

"후우……."

다시 길게 한숨을 내쉬며 에디슨 범가너가 고개를 들었다.

잠깐 기록지를 본 사이 5번 타자 놀란 아레나스가 3구째를 기다리고 있었다.

"어떻게 된 거야?"

에디슨 범가너가 옆에 앉은 에두아르 로드리게스를 바라봤다.

그러자 아두아르 로드리게스가 냉큼 상황을 설명했다.

"초구에 바깥쪽 커터를 던졌습니다. 코스는 좋았는데 무브먼트 때문에 볼 판정을 받았죠. 그러자 2구째 몸 쪽 높은 코스에 하이 패스트볼을 던졌습니다."

"아레나스가 휘둘렀겠군."

"네, 배트가 부러졌습니다. 그래서 원 스트라이크 원 볼입니다."

"역시."

에디슨 범가너가 고개를 끄덕거렸다.

단순히 볼카운트만 봤을 때는 놀란 아레나스가 한정훈과 좋은 승부를 펼치고 있다고 생각했는데 앞선 2구의 상황이

더해지니 느낌이 확 달라져 버렸다.

"초구 커터는 유인구였을까?"

에디슨 범가너가 에두아르 로드리게스에게 물었다.

"……제 생각을 물어보는 겁니까?"

에두아르 로드리게스가 놀란 표정을 지었다.

다른 투수도 아니고 올스타팀 최고의 투수인 에디슨 범가너가 자신에게 이런 걸 물어보리라고는 생각지도 못한 얼굴이었다.

하지만 그것도 잠시.

"대답하기 싫으면 다른 녀석에게 물어보지."

에디슨 범가너가 슬쩍 눈매를 에두아르 로드리게스가 냉큼 자신의 생각을 끄집어냈다.

"유인구 같진 않았습니다."

"유인구 같진 않다?"

"네, 유인구를 던질 이유도 없어 보였고요."

"호오……. 그래?"

에두아르 로드리게스의 당찬 대답에 에디슨 범가너가 슬쩍 입가를 비틀어 올렸다.

지금 한정훈이 초구에 유인구를 던질 이유가 없다고 말했다.

그건 한정훈이 미국 올스타 5번 타자인 놀란 아레나도를 두려워할 이유가 없다는 소리나 마찬가지였다.

"너라면 어떻게 했을까?"

에디슨 범가너가 다시 물었다.

그러자 에두아르 로드리게스가 더그아웃에 돌아와 새 방망이를 집어 든 놀란 아레나도를 힐끔거리며 나직이 입을 열었다.

"루상에 주자가 없으니까 승부는 했을 겁니다."

"승부는 하겠다?"

"네, 하지만 저 녀석처럼 좋은 공을 던질 자신은 없습니다. 솔직히 말해서…… 놀란 아레나스잖아요?"

"하하."

에디슨 범가너가 피식 웃었다.

살짝 억울해하는 에두아르 로드리게스에게 자신도 모르게 공감해 버린 것이다.

대부분의 메이저리그 투수에게 놀란 아레나스는 공포의 대상이었다.

놀란 아레나스는 부상이 없으면 매 시즌 50개 이상의 홈런이 가능한 장타력을 갖춘 타자였다.

게다가 매년 성장하고 있었다. 타석이 거듭될 때마다 약점은 사라지고 강점은 도드라졌다.

이런 거포를 상대로 마운드에 선다면 대부분 에두아르 로드리게스처럼 몸을 사릴 수밖에 없었다.

'나라면 어땠을까.'

에디슨 범가너는 에두아르 로드리게스에게 했던 질문을 스스로에게 던졌다.

그러고는 이내 쓰게 웃었다.

자존심상 대놓고 말하긴 어렵지만 아마 비슷한 선택을 했을 것 같았다.

컨디션이 엄청 좋은 날이 아니고서야 힘 있는 놀란 아레나스에게 칠 만한 공을 던져 줄 이유가 없었다.

하지만 한정훈은 과감하게도 초구에 스트라이크를 던졌다.

구종의 특성 때문에 볼 판정을 받긴 했지만 에두아르 로드리게스가 코스가 좋았다고 말할 만큼 절묘하게 제구가 됐다.

이걸 놀란 아레나도가 놓쳤다. 유인구였다면 걸러냈다고 봤겠지만 승부구인 이상 치지 못했다고 보는 게 맞았다.

그렇다면 2구째 날아든 한정훈의 하이 패스트볼도 충분히 설명이 가능해진다.

한정훈이 만에 하나 놀란 아레나스에게 부담을 느끼고 거를 각오로 초구에 유인구를 던진 거라면 2구째 비슷한 코스를 다시 한 번 노렸을 것이다.

하지만 한정훈은 초구 스트라이크 획득에 실패하자 과감하게 2구째 몸 쪽 하이 패스트볼을 붙여 놀란 아레나스의 스윙을 이끌어 냈다.

그리고 볼카운트를 원점으로 되돌렸다.

"이제 뭐가 날아올까?"

에디슨 범가너의 시선이 숨을 고르는 한정훈에게 향했다.

그러자 에두아르 로드리게스가 기다렸다는 듯이 입을 열었다.

"저라면 초구와 같은 공을 한 번 더 던지겠습니다."

"커터?"

"초구라면 모르겠지만 이번에는 놀란 아레나스도 보고만 있지 못할 테니까요."

에두아르 로드리게스가 나름의 근거를 들어 말했다.

초구라면 스트라이크인지 볼인지 헷갈리는 공을 지켜볼 수 있겠지만 1-1 상황에서 스트라이크 같은 공을 내버려 두지는 않을 것이라는 이야기였다.

"볼카운트를 유리하게 만들겠단 말이로군."

에디슨 범가너가 고개를 주억거렸다.

힘으로는 메이저리그 최정상급 타자로 불려도 손색이 없지만 아직 정교함이 떨어지는 놀란 아레나스를 투 스트라이크로 몰아붙인다면 그만큼 좋은 결과를 얻어낼 수 있었다.

하지만 한정훈이 놀란 아레나스를 상대로 굳이 그런 피칭을 할 것 같지는 않았다.

무엇보다 한정훈은 지금 재미있는 기록을 눈앞에 둔 상황이었다.

그 기록을 달성하기 위해서는 만에 하나라도 있을지 모를 변수를 차단해야 했다.

"난 바깥쪽 꽉 찬 포심 패스트볼에 백 달러를 걸지."

에디슨 범가너가 나직이 중얼거렸다.

그 순간, 한정훈이 있는 힘껏 공을 내던졌다.

후아앗!

바람 소리와 함께 날아간 공은 놀란 아레나스의 바깥쪽 코스로 향했다.

순간, 확인한 에두아르 로드리게스가 주먹을 움켜쥐었다.

하지만 그것도 잠시.

마지막 순간 뻗어 오르는 듯한 공의 궤적에 에두아르 로드리게스의 얼굴이 벌겋게 달아올랐다.

"내가 이겼군."

에디슨 범가너가 씩 웃으며 손을 내밀었다.

그러자 에두아르 로드리게스가 억울함이 가득한 얼굴로 자리에서 일어났다.

표정을 보아하니 라커룸에 가서 정말로 돈을 가져올 생각인 모양이었다.

"됐어. 농담이야."

에디슨 범가너가 에두아르 로드리게스의 엉덩이를 툭 하고 때렸다.

에두아르 로드리게스도 그럴 줄 알았다며 피식 웃어 보였다.

"그런데 어떻게 알았습니까?"

"뭘?"

"바깥쪽 패스트볼 말입니다."

"그야 한정훈이 승부를 할 거라고 생각했으니까."

"하지만 놀란 아레나스는 우투수에게 강하잖아요? 바깥쪽 패스트볼에도 강하고요."

"그건 평범한 우완 투수가 94마일 정도의 패스트볼을 던졌을 때 이야기고."

"네?"

"아까 전광판 못 봤어? 99마일이라고, 99마일."

"……?"

"한정훈은 애당초 저 녀석에게 맞아줄 생각이 없었다고."

에디슨 범가너가 단호하게 말했다.

그러고는 영문을 모르겠다는 에두아르 로드리게스를 내버려 둔 채 한정훈에게 눈을 돌렸다.

투 스트라이크 원 볼.

투수에게 유리한 볼카운트에서 한정훈이 어떤 식으로 놀란 아레나스를 잡아낼지 궁금해진 것이다.

'변화구를 하나 보여줄까? 아니야, 그것보다는 바깥쪽에 스플리터를 던지겠지. 아니면 마이클 트라우스를 돌려세웠던 백 도어 패스트볼도 나쁘지 않고.'

몇 가지 구종을 머릿속에 그리던 에디슨 범가너가 이내 백

도어성으로 파고드는 바깥쪽 투심 패스트볼을 선택했다.

마이클 트라우스를 꼼짝 못 하게 만들었던 그 공이라면 놀란 아레나스도 바라볼 수밖에 없을 것이라 여겼다.

하지만 정작 한정훈이 4구째 내던진 공은 투심 패스트볼도, 포심 패스트볼도, 스플리터도 아니었다.

바로 커터.

그것도 초구와 똑같은 코스의 커터였다.

퍼엉!

스트라이크존을 아슬아슬하게 긁어낸 공이 강민오의 미트 속에 파묻혔다.

그 순간.

"스트라이크, 아웃!"

구심의 입에서 삼진 콜이 터져 나왔다.

"이게 왜 스트라이크예요? 아까는 볼이었잖아요!"

놀란 아레나스가 말도 안 된다며 펄쩍 뛰었다.

분명 초구와 똑같은 코스로 들어온 공인데 하나는 볼이고 하나는 스트라이크라면 타자 입장에서 결코 받아들일 수가 없었다.

그러나 구심의 표정은 단호했다.

코앞까지 다가와 언성을 높이는 놀란 아레나스에게 시끄럽게 굴면 퇴장시켜 버리겠다며 으름장을 놓았다.

"젠장할!"

결국 놀란 아레나스는 욕지거리를 내뱉으며 더그아웃으로 몸을 돌리고 말았다.

그 모습을 지켜보던 에두아르 로드리게스가 우쭐대며 에디슨 범가너를 바라봤다.

비록 3구째 들어오지는 않았지만 4구째 자신이 예상한 초구와 똑같은 코스의 커터가 들어왔으니 반쯤은 인정받고 싶은 모양이었다.

하지만 반쯤 넋이 나가 버린 에디슨 범가너는 에두아르 로드리게스를 신경 써줄 여유가 없었다.

'능구렁이 같다고 생각하긴 했지만…… 심판을 구워삶을 줄이야.'

에디슨 범가너가 고개를 절레절레 흔들어 댔다.

오늘 한정훈의 투구에 여러 차례 감탄하긴 했지만 잠시 어긋났던 구심의 판정까지 바로잡아버리는 한정훈의 4구는 경이롭다 못해 두려움이 느껴질 정도였다.

'내가 저런 괴물 같은 녀석하고 싸우고 있었다니.'

에디슨 범가너가 이내 허탈한 표정을 지었다.

다른 건 몰라도 경험이나 노하우는 풀타임 메이저리그 11년 차인 자신을 따라오지 못할 것이라 여겼는데 그마저도 상대가 되지 않는 기분이었다.

그 모습이 현지 중계 카메라를 통해 잡혔다.

그러자 허구은 해설위원이 기다렸다는 듯이 한마디 늘어

놓았다.

—하하. 에디슨 범가너 선수, 이해합니다. 어처구니가 없겠죠.

—경기가 뜻대로 안 풀린다는 표정 같은데요.

—그보다는 심판의 판정이 못마땅한 거겠죠. 초구에 볼을 잡아줘 놓고 4구째는 스트라이크를 선언했으니까요.

—아…… 그런 의미였을까요?

—제가 오랫동안 메이저리그 중계를 해왔잖아요? 그때마다 느끼는 건 국내 심판들이 차라리 낫다는 겁니다.

—판정적인 부분 말씀이시죠?

—네, 국내 프로야구는 심판들이 오심 하나만 해도 곧바로 뉴스가 날 정도로 민감하게 굴잖아요? 하지만 메이저리그는 그 정도까진 아니죠. 그러니까 스트라이크존이 경기 중에 몇 번이고 오락가락하고요.

—그, 그런가요?

—실례로 완벽한 아웃을 세이프로 선언해서 퍼펙트게임을 깨뜨린 심판도 있으니까요. 만약 국내 심판이었다면 옷을 벗어야 했을 겁니다.

—그런데 저 아웃 코스는 에디슨 범가너 선수에게는 스트라이크를 잡아줬던 코스였는데요.

—크흠, 설사 저 코스가 스트라이크였다 해도 이번 타석

때 볼을 선언했으면 끝까지 볼을 줬어야죠. 놀란 아레나스 선수도 당연히 볼이라고 여기고 공을 지켜봤을 텐데……. 저건 타자를 기만하는 짓입니다.

허구은 해설위원이 신랄한 어조로 심판의 자질을 탓했다.

그러면서 한정훈의 삼진을 심판의 판정 덕을 본 것처럼 깎아내렸다.

반면 미국 중계석의 평은 전혀 달랐다.

-와우, 봤어요?

-봤습니다.

-코리안 쇼크가 구심의 삐뚤어진 눈을 바로잡았네요.

-확실히 마지막 커터는 놀란 아레나스가 아니라 구심을 향해 던진 것 같은 느낌이 강했습니다.

-앞서 초구에 볼이 선언됐을 때 말했지만 저 코스는 원래 스트라이크였어요.

-그렇죠. 놀란 아레나스가 좌타자도 아니고 우타자인데 저 코스를 볼로 선언한 것 자체가 말이 되지 않았습니다.

-더 재미있는 건 한국 포수의 프레이밍인데요. 보세요.

-하하, 한국 포수도 자신의 실수를 깨달았군요.

-네, 초구 때는 바깥쪽으로 휘어져 나가는 대로 글러브를 움직였는데 이번엔 다르죠? 공이 더 이상 휘어져 나가지 못

하도록 스트라이크존 끝에서 정확하게 캐치해 냈습니다.

—이렇게 보면 포수의 프레이밍 미스가 스트라이크를 볼로 보이게 만들었을 가능성도 있네요.

—설사 그렇다 하더라도 제대로 된 구심이라면 스트라이크를 줬었어야죠.

—어쨌든 구심도 포수도 정신을 차려서 다행입니다.

미국 해설자들은 리플레이 화면을 통해 두 개의 커터가 서로 다른 판정을 받은 이유를 설명했다.

그러면서 한정훈이 삼진도 잡아내면서 구심의 스트라이크존도 바로잡았다고 극찬했다.

—그러고 보니 이번 삼진으로 코리안 쇼크가 9개째 삼진을 잡아냈는데요?

—그래요? 아직 5회가 끝나지 않았는데 대단합니다.

—그보다 더 중요한 건 미국 올스타팀의 모든 타자가 코리안 쇼크에게 삼진을 당했다는 겁니다.

—와우! 그건 정말 엄청난 기록이네요.

—한 타자에게 삼진 하나씩이라. 하하, 일부러 이렇게 삼진을 잡은 걸까요?

—일부러 잡는 게 더 힘든 기록이죠, 그건.

—하지만 코리안 쇼크라면 가능하지 않을까요?

—하하, 듣고 보니 그럴 가능성도 있네요.

미국 중계진이 한정훈의 선발 타자 전원 탈삼진 기록에 놀라워하는 동안 한정훈은 6번 타자 폴 골드슈이드를 2구 만에 유격수 플라이로 잡아내고 이닝을 마쳤다.

5회까지 투구 이닝은 총 39구.

탈삼진은 무려 10개였다.

—5회가 끝났는데요. 에디슨 범가너 선수가 6회에도 나올까요?

—글쎄요. 투수를 바꿀 가능성이 더 높겠죠. 에디슨 범가너 선수 정도 되는 투수가 친선 경기에서 무리를 하지는 않을 테니까요.

공수가 바뀌자 허구은 해설위원은 투수 교체를 예견했다.

메이저리그 진출에 목말라 있는 한국 올스타팀과는 달리 미국 올스타팀은 전원이 메이저리거로 구성되어 있었다.

이런 오프 시즌에 무리를 할 이유가 없어 보였다.

미국 중계석에서도 비슷한 이야기가 흘러나왔다.

하지만 모두의 예상을 깨고 에디슨 범가너는 6회에도 마운드에 올랐다.

"범가너도 지쳤을 거다. 그러니까 적극적으로 공략해!"

이선철 코치가 타자들을 불러다 놓고 공격적인 타격을 주문했다.

낯선 불펜 투수를 상대하는 것보다 지친 에디슨 범가너를 공략하는 편이 더 가능성이 있다고 판단한 것이다.

하지만 지쳤다 하더라도 에디슨 범가너의 공은 그리 만만치가 않았다.

따악!

선두 타자로 타석에 들어선 1번 타자 서건하는 3구째 바깥쪽으로 흘러나가는 슬라이더를 건드렸다가 유격수 땅볼로 물러났다.

타구가 먹혀 느리게 굴러가자 발 빠른 서건하가 1루까지 전력 질주했지만 유격수 스탈린 카이스트로의 정확한 송구가 이어지면서 포스 아웃이 되고 말았다.

2번 타자 구자운은 에디슨 범가너의 5구째 패스트볼에 스탠딩 삼진을 당했다.

투 스트라이크 원 볼 상황에서 바깥쪽으로 흘러나가는 슬라이더를 노렸지만 정작 공은 허를 찌르듯 몸 쪽을 파고들었다.

앞선 두 타석에서 내야 땅볼에 그쳤던 3번 타자 김현우는 에디슨 범가너의 3구째 슬라이더를 받아쳐 좌중간에 2루타를 때려냈다.

초구와 2구째 던진 몸 쪽 공이 전부 볼 판정을 받자 에디슨 범가너가 카운트를 잡기 위해 던진 바깥쪽 슬라이더를 결대로 밀어 친 결과였다.

훙! 후웅!

오늘 경기에서 처음으로 만들어진 득점권 상황에서 4번 타자 박병훈이 타석에 들어섰다.

준비 동작을 취하는 박병훈의 표정은 밝았다.

첫 타석에서 삼진을 당했지만 두 번째 타석 때 펜스를 직격하는 안타를 때려냈기 때문이다.

불행히도 타구가 라이너성으로 뻗어 나갔고 펜스에서 튕겨져 나온 타구를 메이저리그에서도 강견으로 유명한 브레이브스 하퍼가 잡아 곧바로 2루에 송구하면서 박병훈은 1루에 멈춰 설 수밖에 없었다.

하지만 그 한 방으로 박병훈의 힘은 충분히 입증이 된 상태였다.

'어찌한다.'

에디슨 범가너가 로진백을 두드리며 고민에 빠졌다.

한국 대표팀 타자 중 박병훈의 컨디션은 상당히 좋았다.

6경기에서 때려낸 장타만 7개.

그중 3개를 담장 밖으로 날려 버렸다.

무엇보다 박병훈은 에디슨 범가너를 상대로 강한 모습을 보여주었다.

2회 초 선두 타자로 나왔을 때는 패스트볼을 밀어 쳐 외야 플라이로 물러났지만 4회 초 공격에서 슬라이더를 잡아당겨 기어코 안타를 만들어냈다.

'2회 때 플라이는 하마터면 넘어갈 뻔했으니까.'

손에 붙은 로진 가루를 털어내며 에디슨 범가너가 슬그머니 포수를 바라봤다.

부담스러운 타자를 만났을 때 투수를 도와줄 수 있는 건 역시 듬직한 포수뿐이었다.

그러나 포수 마스크를 쓴 블랭크 스위트하트는 시원시원하게 사인을 내지 못했다.

에디슨 범가너가 구사하는 구종은 포심 패스트볼과 슬라이더, 커브, 그리고 체인지업이었다.

이 중 포심 패스트볼과 슬라이더가 차지하는 비중이 80퍼센트에 달했다.

컨디션이 좋을 때 에디슨 범가너는 포심 패스트볼과 슬라이더, 투 피치만으로도 타자들을 제압했다.

최고 구속 95mile/h(≒152.8km/h)의 빠른 패스트볼로 윽박지르며 각이 크고 날카로운 슬라이더로 유린하면 대부분의 타자는 꼼짝 없이 당할 수밖에 없었다.

하지만 오늘의 에디슨 범가너는 100퍼센트 컨디션이라고 보기 어려웠다.

전광판에 찍힌 포심 패스트볼의 최고 구속은 91mile/h(≒146.4km/h).

오프 시즌인 만큼 구위 하락은 어쩔 수 없다지만 시즌 때처럼 힘 있는 피칭을 기대하기란 쉽지 않았다.

게다가 타석에 들어선 박병훈은 메이저리거다.

한국 리그에서 뛰는 젊은 타자들처럼 에디슨 범가너의 공을 낯설어하지 않았다.

'지금 상황에서는 다음 타자와 상대하는 게 최선인데…….'

블랭크 스위트하트가 슬쩍 대기 타석을 바라봤다.

그곳에는 박병훈만큼이나 부담스러웠던 강준호를 대신해 대수비로 들어갔던 황재윤이 서 있었다.

황재윤도 한때 메이저리그 포스팅을 신청할 만큼 뛰어난 타자였다.

하지만 메이저리그에서도 매 시즌 두 자릿수 홈런포를 쏘아 올리며 펀치력을 보여주고 있는 강준호의 무게감을 채워줄 정도는 아니었다.

다음 타자가 강준호가 아니라 황재윤이라면 박병훈을 고의사구로 거르는 것도 나쁘지 않았다.

하지만 친선 경기 중에 자존심 강한 에디슨 범가너를 상대로 거르자는 사인을 낸다는 게 말처럼 쉬운 일은 아니었다.

블랭크 스위트하트가 다시 반대로 고개를 돌렸다.

혹시나 더그아웃에서 사인이 나올까 기대한 것이다.

하지만 미국 대표팀 코칭스태프는 꿈쩍도 하지 않았다.

설사 에디슨 범가너가 이 상황에서 실점을 한다 하더라도 어쩔 수 없다는 투였다.

'그렇다면 승부해야겠지.'

살짝 틀어진 포수 마스크를 바로 쓰며 블랭크 스위트하트가 미트를 들어 올렸다.

코스는 바깥쪽.

구종은 커브.

박병훈이 바깥쪽 패스트볼을 노리고 있을 거라는 계산이었다.

에디슨 범가너는 고개를 끄덕거렸다. 그리고 침착하게 커브볼을 던져 넣었다.

펑!

백 도어성으로 크게 휘어져 들어간 공이 아슬아슬하게 스트라이크 코스에 걸쳤다.

노리고 치더라도 쉽지 않은 코스라 박병훈은 지켜볼 수밖에 없었다.

"스트라이크."

구심이 가볍게 주먹을 들어 올렸다. 뒤이어 전광판 스트라이크존에 불이 하나 들어왔다.

"일단 하나 잡고."

에디슨 범가너에게 공을 되돌려 준 뒤 블랭크 스위트하트는 2구째 몸 쪽 깊숙한 패스트볼을 요구했다.

에디슨 범가너는 이번에도 고개를 끄덕였다.

다소 과감한 리드이긴 했지만 몸 쪽 패스트볼을 통해 먹힌 타구를 유도할 수만 있다면 손해 볼 건 없었다.

후아앗!

에디슨 범가너의 손가락을 빠져나온 공이 홈 플레이트를 가로지르듯 날아들었다.

그러자 박병훈이 기다렸다는 듯이 방망이를 움직였다.

따악.

둔탁한 소리와 함께 타구가 배터 박스 앞을 때리고는 3루 파울라인 밖으로 벗어났다.

얼추 타이밍은 맞았지만 코스 자체가 볼이라 박병훈 특유의 인아웃(In-out, Inside out)스윙으로도 페어 라인에 집어넣기가 쉽지 않았다.

하지만 그것만으로도 에디슨 범가너-블랭크 스위트하트 배터리를 긴장하게 만들기에 충분했다.

'조금만 공이 몰렸더라도 제대로 걸릴 뻔했어.'

블랭크 스위트하트가 속으로 안도의 한숨을 내쉬었다.

그러고는 도망치듯 바깥쪽으로 미트를 움직였다.

투 스트라이크를 잡은 상황에서 굳이 몸 쪽 승부를 가져갈 필요는 없다고 여겼다.

그러나 사인을 확인한 에디슨 범가너는 고개를 저었다.

투 스트라이크를 잡은 상황에서 굳이 도망치고 싶지 않은 것이다.

'저 녀석이 보고 있으니까.'

에디슨 범가너의 시선이 잠시 한국 측 더그아웃을 향했다.

정확하게는 한정훈을 훑고 지났다.

어쩌면 같은 팀의 일원이 될지도 모르는 한정훈에게 자이언츠의 에이스다운 모습을 보여주고 싶었다.

'후우, 어쩔 수 없지.'

블랭크 스위트하트도 마지못해 미트를 몸 쪽으로 옮겨 붙였다.

투 스트라이크를 잡은 에디슨 범가너가 우타자를 요리할 때 즐겨 사용하는 몸 쪽 슬라이더를 위해서 말이다.

그런데 블랭크 스위트하트의 움직임이 박병훈의 민감해진 감각에 걸리고 말았다.

'몸 쪽? 슬라이더를 던지겠단 말이지?'

박병훈이 몸 쪽 공에 대비해 방망이를 들어 올렸다.

그 순간, 에디슨 범가너가 로진 가루를 튕겨내며 있는 힘껏 공을 내던졌다.

후아앗!

저 아득한 바깥쪽에서 홈 플레이트를 가로지르듯 날아든 슬라이더는 날카로웠다.

이 변화무쌍한 슬라이더에 메이저리그의 수많은 우타자가 헛스윙을 연발하며 고개를 숙여야 했다.

하지만 처음부터 이 공을 노리고 있던 박병훈은 기다렸다는 듯이 방망이를 휘돌렸다.

따악!

요란한 소리와 함께 박병훈의 타구가 센터 쪽으로 높이 치솟았다.

그와 동시에 중견수 케인 키어마이어가 펜스를 향해 내달렸다.

"젠장할!"

평범한 플라이를 기대했던 에디슨 범가너의 표정이 와락 일그러졌다.

박병훈의 힘이 좋은 건 알고 있었지만 몸 쪽 깊숙이 파고드는 코스의 슬라이더를 저런 식으로 받아칠 줄은 미처 예상하지 못한 것이다.

'제발 잡아라! 제발!'

포수 뒤쪽 공간으로 뛰어들어가며 에디슨 범가너가 간절히 바랐다.

그 기도를 듣기라도 한 듯 케인 키어마이어는 순식간에 펜스 앞에 도착한 뒤 글러브를 들어 올린 채 타구가 떨어지기만을 기다렸다.

다행히도 하늘을 뚫고 우주까지 날아갈 것 같았던 타구는 점점 힘을 잃고 아래로 곤두박질치고 있었다.

"잡을 수 있어!"

케인 키어마이어가 왼손으로 담장을 짚은 채로 있는 힘껏 뛰어올랐다.

하지만 애석하게도 타구는 글러브 끝을 맞고 그대로 앞으로 떨어져 버렸다.

그사이 2루에 있던 김현우는 3루를 지나 홈까지 내달렸다.

홈런성 장타를 때려낸 박병훈은 2루에 서서 주먹을 들어 올렸다.

1 대 0.

팽팽하던 0의 균형이 6회 초에 깨지고 말았다.

–아아, 케인 키어마이어. 공을 제대로 글러브 안에 집어넣질 못했습니다.

–점프 타이밍이 좋지 않았어요. 화면상으로는 너무 빨랐습니다. 케인 키어마이어답지 않은 실수예요.

–반면 박병훈은 정말 좋은 타격을 보여줬습니다.

–쉽지 않은 코스였는데 잘 받아쳤네요.

–에디슨 범가너는 조금 지친 모습인데요.

–확실히 전 타석에서 김현우를 상대할 때부터 밸런스가 흐트러진 모습이었습니다.

–김현우에게 2루타를 허용했을 때 투수 교체를 했으면 어땠을까요?

–투수 보호 차원에서 당연히 그래야 했습니다. 하지만 에디슨 범가너의 자존심을 고려하지 않을 수 없었겠죠.

—투수 코치가 더그아웃에서 나왔는데요. 아아, 아직도 바꿀 생각이 없나 보네요.

—다음 타자가 지난 이닝 때 대수비로 들어왔던 선수니까요. 한 타자를 더 맡기려는 것 같습니다.

—이름이…… 황재윤이네요. 쉽지 않은 이름을 가졌어요.

—어쨌든 에디슨 범가너가 이번 이닝을 잘 마무리 지어주길 기대해 봅니다.

—정신력이 강한 투수니까요. 쉽게 흔들리지 않을 겁니다.

미국 중계석은 에디슨 범가너가 이번 위기를 충분히 극복해 낼 것이라고 여겼다.

하지만 중계 카메라에 잠시 비친 에디슨 범가너의 얼굴은 시뻘겋게 달아올라 있었다.

"젠장할!"

새 공을 건네받은 뒤에도 에디슨 범가너는 자책하듯 허공에 욕지거리를 내뱉었다.

박병훈과 정면 승부를 택한 것에 대해서는 후회가 없었다.

하지만 조금 더 완벽하게 공을 던지지 못했다는 아쉬움만큼은 좀처럼 떨쳐 내기 어려웠다.

조금만 더 깊숙이 공을 찔러 넣었다면.

조금만 더 공에 힘을 실었다면.

이제 와 후회해 봐야 아무런 소용이 없다는 걸 누구보다 잘 알면서도 에디슨 범가너는 한참 동안이나 로진 백을 두드렸다.

한미 올스타전의 우승이 걸린 중요한 경기에서 안이한 피칭으로 팀을 패배의 위기 속에 내몰았다는 사실이 심장을 쿡쿡 찔러왔다.

하지만 에디슨 범가너는 이내 마음을 다잡았다.

한국팀 더그아웃에서 한정훈이 자신을 바라보고 있는데 더 이상 볼썽사나운 모습을 보여주고 싶지 않았다.

'내가 만든 위기는 내 손으로 끝낸다.'

에디슨 범가너는 천천히 몸을 세웠다.

그리고 흥분을 가라앉히듯 크게 숨을 골랐다.

그사이 5번 타자 황재윤이 타석에 들어섰다.

입을 꽉 다문 채 단단히 방망이를 움켜쥔 황재윤의 표정에는 메이저리그 진출 좌절의 한을 제대로 풀어보겠다는 의지가 가득 들어차 있었다.

그러나 뭔가를 보여줘야 하는 건 에디슨 범가너도 마찬가지였다.

게다가 절박하기로는 에디슨 범가너가 더했다.

미국 대표팀 타자를 상대로 단 하나의 피안타조차 허락하지 않은 한정훈이 마운드에 버티고 있는 상황에서 추가 점수까지 내줄 마음은 추호도 없었다.

블랭크 스위트하트의 사인을 확인한 에디슨 범가너가 힘껏 초구를 내던졌다.

퍼엉!

순식간에 18.44m를 비행한 패스트볼이 바깥쪽 스트라이크존을 정확하게 통과했다.

"후우……."

전광판의 구속을 확인한 황재윤이 길게 숨을 골랐다.

92mile/h(≒148㎞/h).

공교롭게도 자신의 타석에서 에디슨 범가너가 오늘 경기 최고 구속을 갱신해 버렸다.

구속도 구속이지만 공도 멀게 느껴졌다.

196㎝의 장신 투수가 사이드 암에 가깝게 긴 팔을 횡으로 휘두르며 공을 던지는데 그 궤적을 따라잡기가 쉽지 않았다.

그런 황재윤의 당혹감을 읽은 블랭크 스위트하트는 2구째 바깥쪽 체인지업을 요구했다.

후아앗!

에디슨 범가너의 손끝을 빠져나온 공이 초구와 유사한 코스로 날아들었다.

황재윤이 이를 악물고 방망이를 휘둘러 봤지만 마지막 순간에 살짝 가라앉은 공은 그대로 블랭크 스위트하트의 미트 속에 파묻혔다.

투 스트라이크 노 볼.

투수에게 절대적으로 유리한 볼카운트에서 블랭크 스위트하트는 몸 쪽 꽉 찬 슬라이더를 요구했다.

비록 박병훈에게 안타를 허용하긴 했지만 매드 범, 에디슨 범가너의 마지막 공은 이 공이어야 할 것 같았다.

에디슨 범가너는 묵묵히 고개를 끄덕거렸다.

그리고 바깥쪽 코스를 노리던 황재윤의 몸 쪽으로 슬라이더를 내던졌다.

후앗!

구속은 시즌만 못했지만 날카롭게 꺾인 공이 순식간에 황재윤의 몸 쪽을 파고들었다.

코스가 깊다고 여긴 황재윤은 휘돌리려던 방망이를 멈춰 세웠다.

하지만 구심은 에디슨 범가너의 슬라이더가 스트라이크존을 통과했다고 판단했다.

"스트라이크, 아웃!"

구심의 단호한 삼진 콜과 함께 황재윤이 고개를 흔들며 타석에서 내려왔다.

그렇게 아쉬웠던 6회 초 공격이 끝이 났다.

–황재윤 선수, 삼진으로 물러납니다.

–아아, 황재윤 선수. 조금 더 적극적으로 방망이를 휘둘렀어야죠. 불안하네요. 한 점 가지고는 절대 안심을 할 수가

없어요.

허구은 해설위원은 한 점의 리드로는 승리를 장담하기 어렵다며 안타까움을 감추지 못했다.

상대는 메이저리그에서도 내로라하는 선수들로 이루어진 미국 올스타 대표팀이었다.

한 점 정도는 큰 것 한 방으로 얼마든지 따라잡을 가능성이 있었다.

하지만 코앞에서 경기를 지켜보고 있는 관중들의 생각은 전혀 달랐다.

"범가너도 여기까지겠지?"

"투구 수가 많아. 더 이상은 자이언츠에서 난리를 칠 거야."

"그나저나 이 경기…… 이길 수는 있는 거야?"

"젠장, 이기긴 어떻게 이겨? 아직 코리안 쇼크를 상대로 안타를 하나도 때려내지 못했는데."

"마이클 트라우스를 믿어보는 수밖에 없어."

"트라우스를 믿는다고? 헛소리 마. 차라리 브레이브스 하퍼를 믿겠다."

"둘 다 틀렸어. 인정하기 싫지만 코리안 쇼크가 너무 잘 던진다고."

"아직 9회가 끝난 거 아니야. 호들갑 떨지 마."

"맞아. 설마 친선 경기에서 완투까지 하겠어? 코리안 쇼크도 곧 내려갈 거야. 그때를 노려야 해."

관중들이 보기에 오늘 한정훈의 공은 쉽게 공략당할 만한 수준이 아니었다.

비시즌임에도 불구하고 100mile/h에 가까운 포심 패스트볼을 매회 쉬지 않고 내던지고 있었다.

게다가 5회를 끝마친 상황에서 한정훈의 투구 수는 고작 39구밖에 되지 않았다.

이닝당 고작 7.8구.

9이닝으로 환산해도 70구 정도였다.

이런 상황에서 유일하게 기대할 수 있는 건 선수 보호 차원의 투수 교체가 이루어지는 것뿐이었다.

그 점에 대해 김인선 감독도 고민이 많았다.

마음 같아선 한정훈을 9회까지 마운드에 올려놓고 싶었지만 그랬다간 한정훈을 혹사시켰다는 구설수를 피하기 어려울 것 같았다.

그렇다고 에디슨 범가너에 맞춰 6회에 강판시키는 것도 쉽지 않았다.

한정훈이 6회 7, 8, 9번 하위 타자들을 잡아낸다면 7회 초부터는 상위 타순으로 연결된다.

주자를 한 명만 출루시켜도 마이클 트라우스가 나오는 상황에서 한정훈 이외의 대안은 없었다.

"일단 기다려 보시죠. 범가너가 내려갔으니까 타자들이

점수를 더 뽑아줄지 모릅니다."

이선철 코치가 웃으며 말했다.

타자들이 점수를 서너 점 정도 뽑아내 준다면 투수 교체에 대한 고민도 자연스럽게 사라지게 될 터였다.

"그렇게만 되면 좋겠는데……."

김인선 감독이 말끝을 흐렸다.

이선철 코치의 말처럼 된다면 참 좋겠지만 그럴 가능성은 희박해 보였다.

우승이 걸린 7차전이다.

에디슨 범가너가 내려간다고 해서 미국팀 벤치에서 한국 타자들이 쉽게 공략할 만한 투수를 올려 보내줄 것 같지 않았다.

"그래도 정훈이가 잘 던져 줘서 정말 다행입니다."

송진운 코치가 마운드를 바라보며 중얼거렸다.

1 대 0.

살얼음판을 걷는 상황에서도 한정훈은 한 치의 흔들림 없이 세 타자를 가볍게 마무리 짓고 이닝을 끝마쳤다.

7번 타자 블랭크 스위트하트는 초구에 들어온 몸 쪽 포심 패스트볼을 지켜본 뒤 2구째 바깥쪽으로 휘어져 나가는 체인지업을 잡아당겨 3루 땅볼을 만들어냈다.

방망이 끝에 걸리면서 타구의 위치가 애매했지만 강준호를 대신해 3루 수비에 들어갔던 황재윤이 군더더기 없는 수비를 펼치며 블랭크 스위트하트를 1루에서 잡아냈다.

뒤이어 타석에 들어선 8번 타자 스탈란 카이스트로는 한정훈이 초구에 내던진 바깥쪽 커터를 반사적으로 건드렸다가 내야 플라이로 물러났다.

타구가 워낙 높이 치솟아서 내야를 벗어날 것처럼 보였지만 1루수 박병훈은 서너 걸음 뒤로 물러선 뒤 외야 잔디 앞쪽에서 공을 잡아냈다.

9번 타자 케인 키어마이어는 자신의 실수를 만회하기 위해 앞선 타자들보다 더 적극적으로 스윙을 했다.

초구에 바깥쪽으로 휘어져 나가는 투심 패스트볼을 건드려 파울.

2구째 몸 쪽 꽉 차게 들어오는 포심 패스트볼을 건드려 파울.

두 번 모두 타구가 방망이 안쪽에 걸릴 만큼 타이밍이 늦었지만 케인 키어마이어는 주눅 들지 않았다.

오히려 맞아서라도 나가겠다며 홈 플레이트에 바짝 붙어 섰다.

그런 케인 키어마이어를 상대로 강민오는 바깥쪽으로 떨어지는 스플리터를 요구했다.

한정훈은 강민오의 사인대로 공을 던졌다.

패스트볼이라 여긴 케인 키어마이어가 번개처럼 방망이를 휘둘렀지만 마지막 순간 브레이크가 걸린 공은 스윙 궤적을 피해 강민오의 미트 속으로 빨려 들어갔다.

3구 삼진 아웃.

"크아악!"

한정훈의 공에 완벽하게 농락당한 케인 키어마이어가 그대로 방망이를 내동댕이쳐 버렸다.

1 대 0, 한 점 차 점수가 유지되는 가운데 미국 대표팀에서 투수 교체를 단행했다.

6이닝을 4피안타 1실점으로 막아낸 에디슨 범가너를 대신해 마운드에 오른 건 브래드 빅스버거.

레이스의 우완 마무리투수였다.

올스타전 등판은 한 차례.

3차전에서 중간 계투로 나와 두 타자를 연속 삼진으로 잡아낸 게 전부였다.

브래드 빅스버거는 94mile/h(≒151.2km/h)의 포심 패스트볼과 투심 패스트볼을 앞세워 나성검과 손하섭, 강민오를 연속 삼진으로 돌려세웠다.

그러면서 아직 경기가 끝나지 않았음을 상기시켰다.

"불펜에 준비된 투수 있습니까?"

"아마 없을 겁니다. 그리고 설사 준비가 된 투수가 있다고 해도……."

"흠……. 그럼 일단 정훈이에게 좀 더 맡겨봅시다."

김인선 감독은 어쩔 수 없이 7회에도 한정훈을 마운드에 올렸다.

온몸을 짓누르는 듯한 한 점 차 승부의 부담감 속에서 그나마 숨통을 트이게 만들어줄 투수는 한정훈밖에 없었다.

한정훈은 군말 없이 마운드에 올랐다.

타석에는 디 오든이 날카로운 눈으로 한정훈을 노려보고 있었다.

바로 전 경기까지만 해도 올스타전 MVP를 노릴 만큼 빼어난 활약을 펼쳤지만 오늘 경기 성적은 좋지 못했다.

첫 타석에서는 삼진 아웃.

두 번째 타석에서는 투수 앞 땅볼 아웃.

미국 올스타 대표팀의 1번 타자로서 단 한 번도 출루에 성공하지 못하고 있었다.

게다가 한정훈을 제대로 괴롭히지도 못했다. 두 타석 모두 한정훈의 공을 쫓아다니느라 정신이 없었다.

그래서 디 오든은 작심하고 타석에 들어섰다.

'어떻게든 나간다.'

디 오든이 방망이를 힘껏 움켜잡았다.

장갑의 마찰음이 어찌나 요란스럽던지 강민오의 귀가 쫑긋 설 정도였다.

'몸 쪽 공을 기다리나 본데 어림없지.'

강민오는 슬쩍 미트를 바깥쪽으로 움직였다.

일단 바깥쪽 코스로 볼카운트를 유리하게 끌고 간 뒤 몸 쪽에서 승부를 볼 생각이었다.

한정훈도 가볍게 고개를 끄덕였다. 그리고 강민오의 미트를 향해 빠르게 공을 내던졌다.

그 순간.

'바깥쪽!'

코스를 확인한 디 오든이 기다렸다는 듯이 자세를 낮추며 방망이를 쭉 밀어냈다.

딱.

홈 플레이트를 향해 치솟듯 날아들던 공이 방망이 끝 부분에 걸리며 먹혀들었다.

그사이 디 오든은 뒤도 돌아보지 않고 1루를 향해 전력으로 내달렸다.

"젠장할!"

디 오든을 잡기에는 늦었다고 판단한 황재윤이 3루 선상에 서서 타구를 지켜봤다. 하지만 데구르르 굴러간 타구는 페어 라인에서 딱 하고 멈춰 서 버렸다.

—와우! 와우! 와우! 환상적인 기습 번트가 성공했습니다.

—디 오든 선수가 드디어 1번 타자로서 제 몫을 해냈네요.

—바깥쪽 포심 패스트볼이 빠르게 날아들었는데요.

—방망이를 내던지다시피 했는데 공이 밑동에 걸리면서 타구가 뜨지 않고 잘 굴러갔습니다.

—확실히 운이 좋았군요.

—하지만 디 오든 선수가 만들어낸 행운이라고 생각합니다. 디 오든 선수의 발이 빠르지 않았다면 한국의 3루수가 조금 더 여유롭게 수비를 했을지도 모르니까요.

—어쨌든, 한국의 선발투수 코리안 쇼크. 7회에 들어 처음으로 안타를 허용합니다.

54장

한정훈 vs 범가너(4)

1

한정훈의 퍼펙트 행진이 깨지기가 무섭게 미국 중계진의 목소리가 높아졌다.

덩달아 잠잠하던 경기장도 술렁거리기 시작했다. 무사에 발 빠른 디 오든이 1루에 나갔으니 득점은 확실할 거란 기대감이 빠르게 퍼져 나간 것이다.

"디 오든이 2루를 훔치고 에이던 이튼이 진루타를 때려준다면 브레이브스 하퍼라고!"

"브레이브스 하퍼라면 최소한 외야 플라이 정도는 때려주겠지."

"오늘 좀 부진하긴 했지만 그래도 코리안 쇼크의 공을 어느 정도 맞춰내고 있잖아?"

"코리안 쇼크도 위기 상황에서는 흔들리겠지. 안 그래?"

VIP룸에서 경기를 지켜보던 각 구단 관계자들도 흥미로운 표정을 감추지 못했다.

"결국 안타를 맞았네요."

"투수 입장에서는 기분이 좋지 않겠는데요."

"게다가 디 오든입니다. 오늘 경기 전까지 8개의 도루를 모두 성공시켰죠."

"한정훈의 주자 견제 능력이 어느 정도인지는 모르겠지만 디 오든을 막긴 어려울 겁니다."

"한정훈보다 한국의 포수가 더 문제죠. 단 한 번도 디 오든을 잡아보지 못했으니까요."

"어쩌면 지금부터가 진짜 한정훈의 투구라고 봐야겠죠. 메이저리그 모든 경기를 오늘처럼 완벽하게 던지지는 못할 테니까요."

"하긴. 주자가 없을 때만 잘 던지는 투수는 에이스가 될 자격이 없으니까요."

메이저리그 구단 관계자들은 한정훈이 디 오든을 1루에 묶는 게 쉽지 않을 것이라고 예상했다. 하지만 호르에 포사다의 의견은 달랐다.

"저 녀석, 쉽게 못 뛸 거야."

"쉽게 못 뛴다니? 지금 1루 주자를 누구라고 착각하는 거야?"

"디 오든이지. 녀석이 지난 5년간 메이저리그에서 가장 많은 베이스를 훔쳤다는 것도 알고 있다고."

"그런데 못 뛴다니? 한정훈을 너무 편애하는 거 아냐? 게다가 한정훈은 우완 투수라고."

앤디 패티스가 짓궂게 말했다. 다들 디 오든이 2루를 훔친다고 생각하고 있는데 호르에 포사다만 다른 이야기를 하고 있으니 장난기가 발동한 것이다.

그러나 호르에 포사다도 아무런 이유 없이 입을 연 게 아니었다.

"한정훈은 커맨드가 기가 막혀."

"그야 당연하지. 설마 저 정도 되는 투수가 커맨드가 좋지 않으려고?"

"그 정도가 아냐. 아까 내가 한정훈의 스플리터를 받아봤거든?"

"네가? 저 날카로운 공을? 거짓말이 지나친데?"

"앤디, 제발 사람 말 좀 끝까지 들어줄래?"

"뭐 좋아. 어디 더 그럴듯한 거짓말을 해보라고."

"후우, 네가 그렇게 놀리지 않아도 나도 알고 있어. 지금 내 몸상태로는 한정훈의 스플리터를 받지 못한다는 걸."

"뭐야, 벌써 거짓말이라고 실토하는 거야?"

"앤디, 제발!"

"알았어. 계속해 봐."

"그래서 사인만 내놓고 난 바깥쪽에 미트를 고정시켰어. 스플리터를 던져서 내 글러브 안으로 집어넣어 보라고 말이야."

"……뭐?"

순간 실실거리던 앤디 패티스의 표정이 경악으로 굳어졌다. 마리아 리베라도 마찬가지.

부릅떠진 시선을 대번에 호르에 포사다에게 옮겼다.

"설마 한정훈이 네 포켓 안에 공을 집어넣은 건 아니겠지?"

에릭 지터가 상기된 목소리로 물었다. 그의 말투 속에는 불신과 기대감이 반씩 섞여 있었다.

그러자 호르에 포사다가 씩 웃으며 대답했다.

"포켓이라니. 너 한정훈을 어떻게 보는 거야."

"포켓이 아니라면? 설마……?"

"그래. 웹에 정확하게 들어왔다고. 그것도 한 번에 말이야."

"허……!"

앤디 패티스가 믿을 수 없다며 고개를 흔들어 댔다.

한정훈의 컨트롤이 좋다는 건 알고 있었지만 그 정도일 줄은 예상하지 못한 것이다.

"만약 그 공이 우연이 아니라면……."

"오든은 못 뛰겠군."

마리아 리베라와 에릭 지터가 고개를 주억거렸다.

한정훈이 포수의 요구에 정확하게 응답할 수 있을 정도의 커맨드를 갖춘 투수라면 제아무리 디 오든이라 해도 쉽게 스타트를 끊기 어려워진다.

물론 디 오든이 아무 생각 없이 초구부터 내달릴 수도 있겠지만 그걸 노리고 한정훈과 강민오가 피치아웃을 해버린다면 올스타전 도루 100퍼센트 성공 신화는 깨질 가능성이 높았다.

그때였다.

덜컹.

갑자기 문이 열리더니 술이 얼큰하게 취한 사내가 모습을 드러냈다.

“우앗! 이게 누구야? 에릭 아냐? 이 방에는 웬일이야?”

사내가 에릭 지터를 발견하고는 씩 웃으며 다가왔다. 그러자 호르에 포사다가 못 말린다며 고개를 흔들어 댔다.

“리키! 대체 술을 얼마나 마신 거예요?”

“응? 뭐야, 호르에. 네 녀석도 있었냐? 어라? 앤디도 있고 마리아도 있잖아?”

호르에 포사다에 이어 앤디 패티스와 마리아 리베라의 얼굴을 확인한 사내의 표정이 환해졌다.

메이저리그에서도 손꼽히는 스타플레이어들을 한자리에서 본다는 게 결코 쉬운 일은 아니기 때문이었다.

하지만 그것도 잠시.

저만치 굳은 얼굴로 자신을 바라보고 있는 브라이언 캐시 단장을 발견하고서야 사내, 미키 앤더슨의 표정이 일그러졌다.

"아, 젠장. 방을 잘못 찾았군."

미키 앤더슨이 고개를 세차게 흔들었다.

잠깐 술을 깨려고 밖에 나갔다 오면서 길을 헤맨 모양이었다.

만약 일반 관중이 이런 짓을 저질렀다면 지금쯤 경호원들에게 붙잡혀 밖으로 끌려나갔을 것이다.

하지만 브라이언 캐시 단장은 물론이고 코어 4의 멤버들 중 누구도 미키 앤더슨을 내쫓으려 하지 않았다.

메이저리그의 레전드이자 도루의 신이라 불리는 그를 면전에서 무시할 만한 이는 메이저리그에 없다시피 했다.

"미키, 이리 앉아서 술 좀 깨요."

브라이언 캐시 단장이 전망 좋은 자리를 미키 앤더슨에게 양보했다.

어쩌면 미키 앤더슨이 실수가 아니라 고의로 양키즈 룸에 들어온 것일지도 모른다고 판단한 것이다.

"그럼 그럴까요?"

미키 앤더슨도 씩 웃으며 자리에 앉았다.

그러다 1루에 누군가가 나가 있다는 사실을 알아채고는

호들갑스럽게 에릭 지터를 바라봤다.

"누구야, 저 녀석? 설마 디 오든이야?"

"네, 조금 전에 안타를 치고 나갔어요."

"크아! 저 녀석, 내가 해낼 줄 알았어. 어떻게 때린 거야? 패스트볼을 시원하게 잡아당겨 외야수 앞에 떨어뜨렸나? 아니면 총알 같은 타구로 내야를 꿰뚫었어?"

디 오든 이야기가 나오자 미키 앤더슨이 흥분을 가라앉히지 못했다.

한때 약물 파동으로 구설수에 오르긴 했지만 이후 리드오프로서 꾸준한 모습을 보여주면서 자신의 강력한 후계자로 거론되고 있는 디 오든이 안타를 때려냈다는 사실이 제 일처럼 기쁜 모양이었다.

하지만 이어지는 에릭 지터의 대답은 미키 앤더슨의 기대를 와르르 무너뜨렸다.

"번트를 댔습니다."

"번트? 설마 기습 번트?"

"네, 코스가 절묘해서 살았죠."

"아…… 그래?"

미키 앤더슨이 민망함을 감추지 못했다.

기습 번트 안타도 충분히 칭찬받을 만한 활약이었지만 앞서 거창하게 떠들었던 상황에 비하면 추켜세우기가 쉽지 않았다.

그런 미키 앤더슨을 위해 호르에 포사다가 슬그머니 화제를 돌렸다.

"미키 생각은 어때요? 저 녀석, 도루할 수 있을까요?"

호르에 포사다가 리드 폭을 벌리기 시작한 디 오든을 가리키며 물었다. 그러자 미키 앤더슨이 황당하다는 얼굴로 호르에 포사다를 바라봤다.

"너 요즘 야구 안 보냐?"

"안 보긴 왜 안 봐요? 매일같이 보는데."

"그럼 쟤가 누군 줄 몰라? 디 오든이잖아, 디 오든."

"그러니까 미키는 디 오든이라면 당연히 2루를 훔칠 거라고 생각하는 거죠?"

"당연한 소리를 왜 묻는 건데?"

미키 앤더슨이 퉁명스럽게 대답했다.

다른 건 몰라도 자신도 반쯤 후계자로 인정한 디 오든의 도루만큼은 이견을 받아들일 생각이 없었다.

"그럼 우리 내기할까요?"

앤디 패티스가 기다렸다는 듯이 입을 열었다.

술 좋아하고 내기 좋아하는 미키 앤더슨이라면 결코 거절하지 않을 것이라고 여겼다.

아니나 다를까.

"좋아! 해! 대신 호르에, 너는 디 오든이 도루를 못 한다에 걸어야 해. 알았지?"

미키 앤더슨이 기다렸다는 듯이 내기를 받아들였다.

그러고는 주머니에서 100달러짜리 지폐 3장을 꺼내어 테이블에 내려놓았다.

"디 오든에게 걸 사람은 빨리 걸라고. 괜히 이 멍청한 녀석처럼 엉뚱한 데 걸지 말고."

미키 앤더슨의 말이 떨어지기가 무섭게 앤디 패티스도 지갑에서 돈을 꺼냈다. 하지만 그의 돈이 향한 곳은 미키 앤더슨의 지폐 위가 아니라 그 옆쪽이었다.

"전 한정훈한테 걸 겁니다."

"그럼 나도."

"나도 마찬가지입니다."

앤디 패티스에 이어 마리아 리베라와 에릭 지터까지 한정훈 쪽에 돈을 쌓아 올렸다.

"너희들, 지금 제정신인 거야?"

미키 앤더슨이 어이가 없다는 얼굴로 코어 4를 바라봤다.

그러나 코어 4 멤버들 중 누구도 흔들리지 않았다. 호르에 포사다의 말을 듣기 전이라면 모르겠지만 한정훈의 진짜 실력을 알아챈 이상 돈을 날리고 싶진 않았다.

"캐시 단장, 당신은 어디에 걸 거요?"

살짝 짜증이 난 미키 앤더슨이 브라이언 캐시 단장을 노려봤다.

만약 브라이언 캐시 단장마저 한정훈의 편을 든다면 모두가 짜고 자신을 놀린다고 봐도 무방해 보였다.

"나는…… 디 오든에게 한 표."

브라이언 캐시 단장은 300달러를 꺼내어 미키 앤더슨의 지폐 위에 올려놓았다.

한정훈의 커맨드가 아무리 훌륭하다 하더라도 디 오든의 다리를 붙잡지는 못할 것이라는 생각이 들었다.

무엇보다 앞선 내기로 잃어버린 300달러를 되찾기 위해서는 무조건 디 오든에 걸어야 하는 상황이었다.

"좋아. 이래야 좀 내기다워지지."

여차하면 300달러를 움켜쥐고 방을 박차고 나가려 했던 미키 앤더슨이 씩 웃으며 엉덩이를 붙였다.

그렇게 무려 1,800불이 걸린 내기판이 벌어졌다.

"후우……."

브라이언 캐시 단장이 길게 숨을 골랐다.

다들 한정훈과 디 오든에 대한 확신을 가지고 내기에 참여한 터라 이 상황을 즐기는 분위기였다.

하지만 이미 300달러를 날리고 코어 4로부터 감이 예전만 못하다는 핀잔을 들은 브라이언 캐시 단장은 초조하기만 했다.

'내가 제대로 걸었겠지?'

브라이언 캐시 단장의 불안한 시선이 답을 찾듯 그라운드로 움직였다.

그 순간.

펑!

한정훈이 내던진 송구가 순식간에 1루수 미트 속을 파고들었다.

“와우!”

“한정훈은 견제도 잘하잖아?”

“미키! 이래도 디 오든이 도루할 수 있겠어요?”

“시끄러워! 어쩌다 하나 운 좋게 들어온 견제구일 뿐이야! 저 정도로 디 오든은 기죽지 않는다고!”

한정훈의 견제구 하나에 방 안이 소란스럽게 변했다.

덩달아 브라이언 캐시 단장의 머릿속도 복잡해졌다.

다들 웃으며 떠들어 대지만 조금 전 한정훈의 견제는 완벽했다.

디 오든이 사력을 다해 귀루하지 않았다면 100퍼센트 아웃이 될 타이밍이었다.

아니, 1루수와 한정훈이 조금만 더 호흡이 맞았더라도 충분히 아웃시킬 수 있었다.

‘젠장! 또 잘못 건 거야?’

괜스레 불안해진 브라이언 캐시 단장이 냉큼 태블릿을 꺼내 한정훈의 기록을 검색했다.

그러다 뭔가를 발견하고는 눈을 크게 치떴다.

한정훈 도루 허용률
2019 시즌 3/13 23.08%
2020 시즌 1/6 16.67%
시즌 합계 4/19 21.05%

스카우터에 의해 작성된 한정훈의 도루 허용률은 수준급이었다.

포수의 도루 저지율이 30퍼센트만 넘어도 강견으로 평가받는 현대 야구에서 통산 21퍼센트의 도루 허용률은 발 빠른 주자들조차 베이스에 붙어 있게 만들 정도였다.

하지만 도루 허용률보다 더 눈에 띄는 기록은 따로 있었다.

바로 견제사 횟수.

한정훈 투수 견제사
2019 시즌 23회(서부 리그 1위 / 리그 통합 1위)
2020 시즌 14회(서부 리그 1위 / 리그 통합 1위)
시즌 합계 37회

풀타임 시즌을 보낸 선발투수치고 도루 허용 횟수 자체가 적다 싶었는데 그 비밀이 견제사 속에 숨어 있었다.

'허, 이게 정말이야?'

브라이언 캐시 단장은 마른침을 꿀꺽 삼켰다.

스카우터가 보내온 정보가 틀리지 않는다면 한정훈이 마운드에 있을 때 뛰는 건 자살행위나 마찬가지였다.

하지만 호시탐탐 2루를 노리는 디 오든은 이런 한정훈의 기록을 전혀 알지 못하고 있었다.

아니, 설사 알았다 하더라도 크게 신경 쓰지 않았을 것이다.

올 시즌 디 오든이 리그에서 시도한 도루 횟수는 62번.

그중 다음 루를 훔친 건 51번이었다.

도루 성공률은 82.26퍼센트로 메이저리그 전체 6위. 도루 순위는 메이저리그 전체 1위였다.

도루 성공률 자체만 놓고 봤을 때 디 오든이 루상에서 자신감을 갖는 건 당연해 보였다.

게다가 팀의 주축 선수로 성장해 나가면서 디 오든은 팀이 위기에 몰리면 어떻게든 베이스를 훔쳐 내려 노력했다.

지금도 마찬가지.

한정훈의 퍼펙트 피칭에 끌려다니던 와중에 미국 올스타 대표팀의 첫 안타와 출루를 성공시킨 이 순간에도 디 오든의 머릿속에는 어떻게든 이 기회를 살려야 한다는 생각만이 가득 차 있었다.

그러나 디 오든에게 무작정 도루를 허락할 만큼 한정훈은 결코 호락호락하지 않았다.

한 걸음, 두 걸음, 세 걸음, 그리고 네 걸음.

디 오든이 슬금슬금 리드 폭을 넓히자 한정훈이 기다렸다는 듯이 견제구를 날렸다.

"크윽!"

하마터면 역동작에 걸릴 뻔한 디 오든이 다급히 1루를 향해 몸을 날렸다.

다행히도 박병훈이 포구 이후 곧바로 태그를 하지 못하면서 아슬아슬하게 세이프 판정을 받아낼 수 있었다.

"후우……."

두 팔로 1루 베이스를 감싸 안은 뒤 디 오든이 천천히 몸을 일으켰다.

오늘 경기 내내 깨끗하기만 했던 야구복이 양키즈 스타디움의 흙으로 더럽혀져 있었다.

디 오든은 씩 웃으며 흙을 털어냈다. 그리고 보란 듯이 다시 슬금슬금 리드 폭을 넓혔다.

한 걸음, 두 걸음, 세 걸음.

'한 번 더 흔들어 봐?'

잠시 숨을 골랐던 디 오든이 네 번째 걸음을 내딛으려 했다.

그 순간.

"……!"

홈 플레이트를 향해 있던 한정훈의 시선이 1루 쪽으로 움직였다.

"젠장할!"

제대로 역동작에 걸린 디 오든은 사력을 다해 1루를 향해 몸을 날렸다.

다급한 마음에 앞으로 고꾸라지는 듯한 슬라이딩까지 선보여야 했다.

다행히 이번에도 박병훈은 한정훈의 날카로운 송구를 깔끔한 태그아웃으로 연결하지 못했다.

"정훈아, 미안!"

박병훈이 멋쩍게 웃으며 공을 돌려주었다.

두 번 다 송구는 빠르게 날아왔는데 이상하리만치 몸이 뜻대로 움직여주지 않는 느낌이었다.

그러자 한정훈이 박병훈이 아니라 자신의 실수였다며 손바닥으로 제 가슴을 두드려 보였다.

'내가 너무 철민이 형한테 익숙해진 모양이야.'

지금껏 한정훈의 견제구를 받아왔던 건 스톰즈의 1루수 황철민이었다.

박병훈처럼 키도 크고 팔도 길었지만 황철민과 박병훈은 수비 스타일이 달랐다.

입단 첫해 황철민은 낮게 날아오는 견제구를 두려워했다.

특히나 귀루하는 주자와 공이 겹치는 경우 허둥대며 자주 공을 놓쳤다.

스프링캠프에서 집중적으로 견제 훈련을 해봤지만 크게 개선되지 않았기 때문에 스톰즈 투수들은 황철민이 1루에 설 때면 말 그대로 주자의 견제에만 신경을 썼다.

장차 스톰즈 타선을 이끌어야 할 황철민에게 견제구로 스트레스를 주려 하지 않은 것이다.

하지만 한정훈은 달랐다.

황철민이 스톰즈의 1루를 지키기 위해서는 견제에 능해야 한다고 여겼다.

“공을 어깨높이로 던질게. 대신 받으면서 동시에 태그 플레이가 가능하도록 해봐, 형.”

여러 시행착오 끝에 한정훈은 낮은 송구보다 황철민의 부담을 줄이는 높고 빠른 송구 쪽으로 견제 스타일을 변경했다.

처음에는 잠시 힘들어했지만 적응을 끝낸 황철민은 한정훈과 함께 리그에서 가장 많은 1루 주자를 견제 아웃시킨 1루수가 됐다.

한정훈은 박병훈에게도 습관처럼 높고 빠른 견제구를 던졌다.

노련한 박병훈이라면 자신의 견제 스타일에 맞춰줄 것이라 여겼다.

그러나 왼손에 미트를 낀 박병훈에게 한정훈의 송구는 글러브 밖으로 빠져나갈 것 같은 느낌을 주었다.

그래서 포구에 신경 쓰다 보니 자꾸만 견제 타이밍이 늦어지고 만 것이다.

‘무리해서 잡을 생각은 말자.’

한정훈이 천천히 숨을 골랐다.

박병훈과의 호흡을 떠나 디 오든의 귀루 동작도 흠잡을 데 없이 좋았다.

이런 상황에서 디 오든을 1루에서 잡겠다고 무리를 할 필요는 없었다.

'견제는 견제로 끝내고 타자에 집중하자.'

홈 플레이트에 발을 올려놓으며 한정훈이 타석에 선 에이던 이튼을 바라봤다.

1번 타자 자리를 두고 경쟁했던 디 오든의 출루에 자극을 받은 것일까?

방망이를 추켜 든 표정이 심상치가 않았다.

게다가 영리하게도 에이던 이튼은 앞선 타석 때보다 홈 플레이트 쪽에 붙어 서 있었다.

앞선 경기들처럼 디 오든을 견제하기 위해 강민오가 바깥쪽 공을 요구할 것이라고 예상한 것이다.

하지만 마운드에 선 투수가 한정훈이라면 강민오의 사인도 달라질 수밖에 없었다.

'정훈이 녀석은 이런 상황에서도 눈 하나 까딱 안 하고 제대로 공을 던져 주니까 정훈이 녀석만 믿고 가자.'

강민오는 초구에 몸 쪽 꽉 찬 포심 패스트볼을 요구했다.

그러면서 슬쩍 엉덩이를 빼며 송구에 대비했다.

만에 하나라도 한정훈의 공이 엉뚱한 곳으로 들어온다면 포구가 어려워질 수 있었지만 그런 염려는 눈곱만큼도 하지 않았다.

한정훈도 가볍게 고개를 끄덕였다. 그리고 슬쩍 고개를 돌려 디 오든을 견제했다.

한정훈의 시선이 날아들기가 무섭게 디 오든은 재빨리 1루 쪽으로 무게중심을 옮겼다.

하지만 한정훈은 그런 디 오든을 무시한 채 곧바로 투구 동작을 이어갔다.

'젠장할!'

잠깐 사이에 뛸 타이밍을 놓쳐 버린 디 오든이 다시 2루 쪽으로 방향을 바꿨다.

아니, 바꾸려 했다.

그러나.

퍼엉!

몸에 가속을 붙이기도 전에 묵직한 포구 소리가 운동장에 울려 퍼졌다.

"크으!"

디 오든이 입술을 깨물며 1루로 돌아왔다. 동시에 미국 중계석에서는 감탄이 터져 나왔다.

—와우, 코리안 쇼크. 눈으로 디 오든을 묶어버렸습니다.

—디 오든이 루상에서 저렇게 광대 짓을 하는 건 처음 보네요.

—한정훈의 모션에 걸려 도루 타이밍을 완전히 빼앗겼죠?

—앞선 두 번의 견제가 워낙 좋았으니까요. 1루수와 호흡만 맞았더라도 디 오든은 지금쯤 더그아웃에서 땀을 닦고 있었을 겁니다.

—그보다 더 대단한 건 한정훈의 공입니다.

—99mile/h의 포심 패스트볼이 에이던 이튼의 무릎 앞쪽을 정확하게 파고들었습니다.

—구심이 스트라이크 선언을 하지 않을 수가 없는 코스였습니다.

—디 오든을 1루에 두고 저런 공을 던질 수 있다니, 한정훈은 강철 심장을 가진 게 틀림없습니다.

중계석에서 몇 번이고 리플레이 화면을 돌려볼 만큼 한정훈의 초구는 완벽에 가까웠다.

모든 신경을 바깥쪽 코스에 집중하고 있던 에이던 이튼의 허를 찌른 몸 쪽 코스도 좋았고 강민오가 포구 후 곧바로 공을 뺄 수 있을 정도의 높이도 좋았다.

만약 이 상황에서 디 오든이 2루로 뛰었다면 강민오가 터무니없는 악송구를 하지 않는 한 2루에서 잡아냈을 가능성이 높았다.

'뭐 저런 녀석이 다 있어?'

자신도 모르게 등골이 오싹해진 디 오든이 한정훈을 노려봤다. 그러자 박병훈이 피식 웃으며 말을 걸었다.

"저런 녀석 처음 보지?"

"……?"

"그러니까 괜히 뛰겠다고 까불지 마. 그러다 벨트 끊어진다."

"시끄러워."

디 오든이 퉁명스럽게 짜증을 내뱉었다.

박병훈이 자신을 견제하기 위해 일부러 쓸데없는 말을 지껄인다고 여겼다.

하지만 한정훈 앞에서 까불다가 벨트가 끊어진다는 건 사실이었다.

실제 한국 리그를 주름잡던 수많은 준족 중에서 한정훈의 집요한 견제에 허리춤이 풀려 버린 이들은 두 손에 꼽기 어려울 정도였다.

그러나 그런 사실을 알지 못하는 디 오든은 헬멧을 고쳐 쓴 뒤 신중하게 리드를 넓혔다.

한 발, 그리고 또 한 발.

"후우……."

잠시 걸음을 멈춘 디 오든이 한정훈을 바라봤다.

하지만 한정훈은 그 정도는 충분히 용인한다는 듯 눈길조차 주지 않았다.

'조금 더 리드를 벌려야 해.'

디 오든은 발소리를 죽여 가며 보폭을 벌렸다.

반걸음, 그리고 다시 반걸음.

그렇게 세 발을 나아간 순간 한정훈의 등판이 꿈틀거렸다.

'젠장!'

디 오든이 이를 악물고 1루로 몸을 날렸다.

그와 동시에 한정훈이 내던진 견제구가 박병훈의 글러브를 파고들었다.

펑!

공을 잡기가 무섭게 박병훈은 자세를 낮추며 디 오든의 팔을 향해 글러브를 내려찍었다.

하지만 그보다 한발 먼저 디 오든의 손끝이 1루 베이스에 닿았다.

"세이프!"

1루심이 냉큼 두 팔을 벌렸다.

박병훈이 살짝 아쉽다는 표정을 지었지만 1루심의 판정은 달라지지 않았다.

"푸우……."

한참 동안 숨을 고른 디 오든이 입안에 들어간 흙먼지를 뱉어내며 천천히 몸을 일으켰다.

그러다 무언가가 사타구니 쪽을 툭 하고 건드리자 움찔 놀라며 고개를 숙였다.

놀랍게도 조금 전까지 멀쩡했던 벨트가 끊어져 허리춤에서 덜렁거리고 있었다.

“거 봐, 너 벨트 끊어질 거라 그랬지?”

박병훈이 그럴 줄 알았다며 웃어댔다.

1루 코치도 함께 웃으며 더그아웃 쪽에 새 벨트를 달라는 사인을 보냈다.

하지만 당사자인 디 오든은 도저히 웃음이 나지 않았다.

2루 베이스 근처는 가 보지도 못하고 귀루만 하는 것도 짜증이 치미는데 벨트까지 끊어졌으니 치미는 감정을 주체하기 어려웠다.

‘어떻게든 뛰고 만다.’

디 오든이 빠득 이를 악물었다. 그러고는 씩씩거리며 리드를 넓혀 나갔다.

어디 견제구를 던질 테면 던져 봐라!

순식간에 세 걸음이나 내디딘 디 오든이 당당하게 한정훈을 노려봤다.

앞선 상황을 고려했을 때 견제구가 날아들 가능성이 높았지만 디 오든은 머뭇거리지 않았다.

한정훈이 견제구를 던지면 1루로 귀루하면 그만이다. 그러다 벨트가 또 끊어진다 해도 상관없었다.

끊어진 벨트는 몇 번이고 갈아 끼우면 된다. 미국 올스타전에 선발된 선수치고 벨트값이 아까운 사람은 없었다.

‘몇 번을 견제해도 소용없어!’

디 오든은 당장에라도 2루를 향해 내달릴 것처럼 몸을 낮췄다.

하지만 그러면서도 무게중심은 왼발 쪽에 두었다.

한정훈이 이대로 자신의 리드를 두고 보지 않을 거라 판단했다.

그러나 정작 한정훈은 디 오든은 신경조차 쓰지 않고 곧바로 공을 내던졌다.

오히려 한정훈의 투구 동작에 놀라 1루 쪽으로 한 걸음 물러선 탓에 디 오든은 2루로 뛸 타이밍을 또다시 놓치고 말았다.

그러는 사이 한정훈이 힘껏 내던진 공은 에이던 이튼의 어깨를 향해 날아들다 마지막 순간 스트라이크존을 파고들었다.

"크윽!"

반사적으로 몸을 뒤로 젖혔던 에이던 이튼이 빠득 이를 깨물었다.

이번에야말로 바깥쪽 공이 들어올 것이라 여겼는데 또다시 몸 쪽 공이라니.

한정훈과 강민오의 볼 배합에 완전히 농락당하는 기분이었다.

'오든! 조금 더 확실하게 리드하란 말이야!'

에이던 이튼이 괜히 디 오든을 노려봤다.

디 오든이 조금만 더 한정훈의 시선을 잡아끌었다면 이렇게 연달아 몸 쪽 패스트볼이 들어오지는 않았을 터였다.

하지만 한정훈에게 농락당하고 있기는 디 오든도 마찬가지였다.

'하아, 젠장할.'

디 오든은 헬멧을 고쳐 쓰는 척 에이던 이튼의 시선을 피해 버렸다.

에이던 이튼의 불만을 모르지는 않지만 한정훈을 흔드는 게 생각만큼 간단치가 않았다.

자신이 뛰려고만 하면 한정훈은 기다렸다는 듯이 견제구를 던졌다.

그러다 견제구를 예상하고 준비하면 귀신같이 알아채고는 투구에 들어갔다.

'정면 승부는 승산이 없어. 그렇다면…….'

한참을 고민하던 디 오든이 이내 결단을 내렸다. 그러고는 마치 도루를 포기하듯 리드 폭을 확 줄여 버렸다.

'뭐야? 벌써 포기야?'

강민오가 씩 웃었다.

하지만 그것도 잠시. 디 오든이 팔을 흔드는 척 굴며 오른손을 꼼지락거리자 또 다른 작전이 나왔다는 사실을 간파했다.

'정훈이를 방심시키고 뛰려나 본데 어림없지.'

강민오는 당초 내려던 사인 대신 바깥쪽으로 높게 빠지는

볼을 요구했다.

강민오의 손가락을 확인한 한정훈도 씩 웃었다. 강민오의 사인을 통해 디 오든의 속내를 알아챈 것이다.

'민오 형, 이번에는 한번 제대로 잡아봐요.'

한정훈이 가볍게 고개를 끄덕거렸다. 그리고 곁눈질로 디 오든을 견제한 뒤 곧바로 투구 동작에 들어갔다.

그 순간.

타다다닷!

디 오든이 전력을 다해 2루를 향해 내달렸다.

충분히 리드하지 못한 만큼 성공에 대한 확신은 줄어들었지만 죽기 살기로 내달리다 보면 어떻게든 살 수 있다고 여겼다.

하지만 상황은 디 오든의 바람대로 흘러가지 않았다.

후아앗!

한정훈이 내던진 공이 바깥쪽으로 완전히 빠져나갔다.

그와 동시에 강민오가 몸을 일으키더니 왼쪽 배터 박스 옆으로 한 발을 빼냈다.

'젠장할!'

뒤늦게 한국 팀 배터리의 노림수를 알아챈 에이던 이튼은 다급히 방망이를 내밀었다.

어지간해서는 공에 닿지 않을 것 같았지만 이대로 디 오든이 2루에서 횡사하는 걸 두고 볼 수는 없었다.

그러나 애석하게도 한정훈이 작심하고 내던진 공은 에이던 이튼의 방망이보다 한발 먼저 강민오의 미트 속을 파고들었다.

퍼엉!

묵직한 포구음이 울리자 에이던 이튼의 얼굴이 일그러졌다.

그리고 잠시 후.

“아웃!”

강민오의 총알 같은 송구에 걸린 디 오든의 표정도 딱딱하게 굳어졌다.

“말도 안 돼!”

VIP룸에서 그 모습을 지켜보던 미키 앤더슨도 충격을 감추지 못했다.

설마하니 이런 식으로 디 오든을 2루에서 잡아낼 줄은 예상하지 못한 것이다.

디 오든은 도루를 실패한 게 아니라 덫에 걸려 버렸다.

더 직설적으로 말하자면 한국의 배터리에 의해 사냥을 당하고 말았다.

디 오든의 롤모델이자 메이저리그 최고의 리드오프라 불리는 레전드로서 미키 앤더슨은 치미는 굴욕감을 참기 어려웠다.

어찌나 화가 나는지 술이 확 깰 정도였다.

반면 호르에 포사다는 한정훈과 강민오가 보여준 멋진 피치아웃에서 좀처럼 빠져나오지 못하고 있었다.

물론 포수가 포수석 밖으로 완전히 벗어나 투수의 공을 받는 일반적인 피치아웃은 아니었다.

보기에 따라서는 한정훈의 제구가 되지 않은 바깥쪽 높은 공을 강민오가 받아서 2루로 뛰던 디 오든을 잡아냈다고도 착각할 수 있었다.

하지만 오늘 경기에서 실투가 거의 없다시피 했던 한정훈이 디 오든을 1루에 두고 저런 터무니없는 공을 던졌을 가능성은 극히 드물었다.

그리고 그 공을 강민오가 반사적으로 잡아낸 뒤에 2루에 정확하게 송구할 가능성은 0에 수렴했다.

결국 서로 간에 약속된 플레이를 펼쳤다는 이야기다.

'포수도 잘했지만 디 오든은 한정훈이 잡아냈어. 한정훈이 완벽하게 빠지는 공을 던지지 못했다면 포수도 제때 2루에 송구하지 못했을 거야.'

호르에 포사다는 점점 한정훈이라는 존재가 두려워졌다.

할 수만 있다면 NASA에 의뢰해 한정훈이 외계인이 아닌지 확인해 보고 싶을 정도였다.

그럴수록 한정훈을 양키즈맨으로 만들어야겠다는 욕망은 커졌다.

만에 하나 저런 투수가 라이벌 구단인 레드삭스에 입단하기라도 한다면?

한정훈의 전성기가 지나기 전까지 양키즈 왕조의 부활은 꿈같은 소리가 될 것 같았다.

투수인 앤디 패티스와 마리아 리베라도 호르에 포사다와 같은 생각을 하고 있었다.

굳이 마이너리그까지 살필 필요 없이 메이저리그에서도 한정훈처럼 빠른 공을 던지는 투수는 많았다.

양키즈의 마무리투수 아롤디르 채프먼만 하더라도 최고 구속 106mile/h(≒170.6㎞/h)의 패스트볼을 던졌다.

레전드나 에이스 소리를 듣는 투수치고 전성기에 95mile/h(≒152.8㎞/h) 정도의 패스트볼을 던져 보지 않은 투수는 드물었다.

하지만 한정훈처럼 빠른 공을 던지면서 컨트롤까지 좋은 투수는 드물었다.

거기에 수준급 세컨드 피치와 써드 피치를 보유한 투수는 두 손에 꼽힐 정도였다.

여기까지만 놓고 보더라도 한정훈의 가치는 대폭 상승할 수밖에 없었다.

그런데 놀랍게도 한정훈은 위기관리 능력과 주자 견제 능력까지 가지고 있었다.

위기관리 능력은 강력한 구위와 강한 정신력 때문이라 하더라도 주자 견제 능력은 감탄이 절로 나올 정도였다.

그건 한정훈 나잇대의 젊은 투수들에게 결코 기대할 수 없는 모습이었다.

산전수전 다 겪으며 프로에서 잔뼈가 굵어진 투수들조차 쉽게 손에 넣지 못하는 재능이었다.

"저 녀석에게 핀 스트라이프를 입히려면 어떻게 해야 하지?"

앤디 패티스가 상기된 목소리로 물었다. 그러자 마리아 리베라가 뻔한 걸 묻는다는 얼굴로 대답했다.

"그야 일단 포스팅에서 승리해야지."

"포스팅이야 어차피 형식에 불과하잖아. 한정훈이 나온다면 1억 달러를 내겠다는 구단이 열 곳은 될걸?"

"1억 달러라니? 한국의 포스팅 상한선은 1천만 달러야."

"어쨌든, 포스팅 따위로 한정훈을 영입할 수 있는 건 아니잖아. 아니야?"

"포스팅을 통해 최고액을 입찰한 뒤에 연봉 협상을 해야겠지."

"연봉이야 내 소관은 아니니까. 캐시 단장이 한정훈에게 돈을 아낄 리는 없을 테고."

"그렇겠지."

마리아 리베라가 동의하듯 고개를 끄덕거렸다.

다른 구단이라면 몰라도 악의 제국이라 불렸던 양키즈가 필요한 선수를 영입하는 데 돈을 아낄 리 없었다.

중요한 건 단순히 돈만으로 한정훈을 양키즈 스타디움에 데려오기가 쉽지 않다는 것이다.

포스팅 시스템이 바뀌면서 구단 선택권은 전적으로 선수에게 넘어갔다.

최고 연봉을 제안하지 않더라도 경우에 따라 얼마든지 선수의 선택을 받을 수 있게 된 것이다.

그렇다 보니 각 구단에서는 한정훈의 마음을 사로잡기 위해 고심하고 있었다.

하지만 SNS는 물론이고 사적인 인터뷰조차 하지 않는 한정훈에 대한 정보는 생각만큼 많지가 않았다.

"한정훈이 메이저리그에서 얻고 싶은 게 뭘까? 돈? 명예? 아니면 우승?"

"만약 여자라면…… 우리에게는 훌륭한 적임자가 있는데 말이야."

"윽! 끔찍한 소리 하지 마."

"뭐가 어때서 그래? 실력 있는 선수에게 미녀가 따르는 건 당연한 일 아냐?"

"어쨌든, 한정훈이 그쪽은 아닌 거 같으니까 장난 그만하고 좀 진지해지자고."

"하아, 앤디. 나도 너만큼 한정훈을 양키즈로 데려오고 싶긴 한데 우리가 이런다고 달라지는 게 있을까?"

"당연히 있지. 우리가 누구야? 팬들에게 코어 4라 불리는 양키즈의 레전드잖아? 안 그래?"

"그거야 한정훈이 양키즈 팬일 때나 먹힐 만한 소리고."

"설사 한정훈이 정말로 레드삭스 팬이라 하더라도 양키즈의 레전드들이 힘을 합쳐 한정훈을 꼬신다면 한정훈도 마음이 흔들리지 않겠어?"

"너…… 정말로 한정훈한테 푹 빠졌구나?"

마리아 리베라가 놀란 표정을 지었다.

한정훈의 스타성과 재능이야 모두가 인정하는 바이지만 설마하니 제 잘난 맛에 사는 앤디 패티스가 이렇게까지 나올 줄은 예상하지 못한 것이다.

하지만 한정훈을 양키즈맨으로 만들겠다는 앤디 패티스의 신념은 마리아 리베라가 생각하는 것보다 훨씬 크고 강렬했다.

"한정훈이 원한다면 내 등번호를 구단에서 내준다 해도 상관없어."

"……뭐? 지금 제정신이야?"

"그깟 등번호가 중요한 게 아냐! 양키즈에는 한정훈이 필요하다고! 이런 식으로 가다간 양키즈의 미래는 없어!"

앤디 패티스가 단호하게 소리쳤다.

코어 4의 은퇴 이후 몰락의 징후를 보이고 있는 양키즈호를 다시 수면 위로 끄집어 올리기 위해서는 강한 엔진이 필요했다.

그리고 그 엔진이 바로 마운드 위에 서 있었다.

그걸 알면서도 전력으로 얻으려 하지 않는 건 그야말로 미친 짓이나 다름없었다.

“흠…….”

조용히 듣고만 있던 에릭 지터도 앤디 패티스의 주장에 고개를 주억거렸다.

평소 앙숙처럼 지내긴 하지만 양키즈를 향한 앤디 패티스의 마음만큼은 감히 허투루 여길 수 없을 만큼 대단했다.

그런 앤디 패티스가 한정훈이 유일한 대안이라고 말했다.

그리고 에릭 지터 역시 한정훈이 양키즈에 꼭 필요한 선수라는 점에 대해 동의했다.

아니, 양키즈 스타디움에 모인 이들 중 한정훈의 가치를 보지 못한 이는 없다시피 했다.

야구를 처음 보러 온 어린아이들조차 한정훈의 눈부신 피칭에 입을 다물지 못할 것이다.

바로 옆에서 술 냄새를 풀풀 풍기고 있는 미키 앤더슨 역시 어슬레틱스 관계자들을 만나면 한정훈을 영입해야 한다고 목소리를 높일 게 뻔했다.

이런 상황에서 다른 구단들보다 먼저 한정훈에게 다가가야 한다는 앤디 패티스의 조바심은 충분한 설득력이 있었다.

‘아직 찬오의 연락처가 남아 있던가?’

에릭 지터는 조용히 핸드폰을 꺼냈다.

불현듯 박찬오가 양키즈를 떠나기 전 연락처를 받아놓았던 기억이 떠올랐다.

하지만 애석하게도 핸드폰에는 박찬오의 번호가 남아 있지 않았다.

중간에 두 번 핸드폰을 바꾸면서 박찬오의 것도 지워 버린 모양이었다.

그러나 에릭 지터는 박찬오라는 접점을 포기하지 않았다.

당장 연락을 하는 건 무리겠지만 인맥을 총동원한다면 박찬오와 만나는 건 일도 아니었다.

박찬오는 한정훈이 가장 존경한다는 메이저리거다.

그리고 한정훈의 청소년 대표팀 시절을 함께했던 멘토다.

다른 구단에서 노리기 전에 먼저 선점해야 할 최우선 목표 대상 중 하나였다.

'참, 레인저스에서 추신우를 영입했을 때 유니폼을 선물했었지? 경기가 끝나면 잠깐 만날 시간이 있을 테니까 그때를 노려야겠군.'

에릭 지터는 박찬오에 이어 추신우의 이름도 떠올렸다.

추신우가 FA로 풀렸을 때 양키즈를 비롯한 수많은 빅 마켓 구단이 그를 잡기 위해 지갑을 열었다.

하지만 추신우는 끝내 레인저스의 유니폼을 입었다.

협상 내내 고압적이던 양키즈보다 추신우가 필요하다는 절실함을 보인 레인저스 쪽에 마음이 기운 것이다.

그때 레인저스 구단에서는 추신우의 가족과 아이들을 위해 레인저스 유니폼을 선물하는 정성을 보였다.

만약 레인저스가 아니라 양키즈에서 그런 접근법을 보였다면 지금쯤 추신우는 핀 스트라이프를 입고 있었을지 몰랐다.

"VIP룸으로 양키즈 유니폼을 다섯 벌 정도 가져다주겠어요?"

미키 앤더슨이 방을 나가자 에릭 지터가 기다렸다는 듯이 어딘가로 전화를 걸었다.

그리고 잠시 후 젊은 여직원이 웃으며 양키즈 유니폼을 가지고 나타났다.

"이 아름다운 아가씨는 누구야? 유니폼 핑계로 부른 거야?"

갑작스러운 여직원의 등장에 앤디 패티스가 짓궂게 굴었다.

하지만 최근에 새 애인을 사귄 에릭 지터는 앤디 패티스의 장난에 넘어가지 않았다.

"헛소리 그만하고 너도 거기에 사인해."

"사인? 왜? 네 여자 친구 가져다주게?"

"나를 만나는 여자에게 네 사인 따위가 가치가 있을 거라고 생각하는 거야?"

"그럼? 내 사인은 받아다가 뭘 하려는 거야?"

앤디 패티스가 불만스럽게 투덜거렸다.

그러자 호르에 포사다가 못 말린다며 앤디 패티스의 옆구리를 찔렀다.

"그야 한정훈에게 선물하려는 거잖아!"

"뭐? 그게 정말이야?"

"그러니까 최대한 멋들어지게 사인하라고. 귀찮다고 대충대충 하지 말고."

"대충이라니! 무슨 말도 안 되는 소리야? 두고 봐. 내 인생 최고의 사인을 그려 넣어줄 테니!"

앤디 패티스를 시작으로 마리아 리베라와 호르에 포사다도 매직펜을 집어 들었다.

그렇게 등번호가 들어갈 공간 주변으로 큼지막한 사인들이 채워졌다.

"다 된 건 나한테 넘겨."

에릭 지터는 늘 그랬던 것처럼 마지막으로 매직펜을 집었다.

그리고 누구보다 화려하고 강렬하게 자신의 사인을 그려 넣었다.

'부럽군.'

그 모습을 지켜보던 브라이언 캐시 단장이 쓴웃음을 지었다.

마음 같아선 자신의 사인도 채워 넣고 싶었지만 감히 그럴 수 없다는 사실이 아쉽기만 했다.

한편으로는 양키즈의 단장으로서 자신도 뭔가를 해야 한다는 압박감이 들었다.

'구단 기념품 정도로는 어림없겠지. 뭐가 좋을까?'

브라이언 캐시 단장도 진지한 고민에 빠져들었다.

그러는 사이 한정훈은 브레이브스 하퍼를 유격수 땅볼로 유도하고 7회 말을 끝마쳤다.

2

미국 올스타 대표팀과 한국 올스타 대표팀의 8회 공방은 삼자 범퇴로 끝이 났다.

7회 초에 이어 8회 초에도 마운드에 오른 브래드 빅스버거는 오지완, 서건하, 구자운으로 이어지는 좌타자들을 힘으로 찍어 눌러 버렸다.

9번 타자 오지완은 유격수 땅볼 아웃.

1번 타자 서건하는 2루수 직선타로 아웃.

2번 타자 구자운은 3루 땅볼로 아웃됐다.

중요한 건 이들 세 타자를 상대로 브래드 빅스버거가 던진 공이 5개밖에 되지 않았다는 것이다.

순식간에 8회 초가 끝이 나자 양키즈 스타디움의 관중들은 다시 한 번 숨을 죽였다.

이제 한 번쯤 활약할 때가 된 4번 타자 마이클 트라우스와 제대로 쉬지도 못하고 마운드에 올라온 한정훈.

이 둘의 맞대결에서 뭔가가 나올 것이라는 기대감이 피어오른 것이다.

따악!

한정훈의 패스트볼에 매번 타이밍이 밀렸던 마이클 트라우스도 초구에 들어온 몸 쪽 패스트볼을 기다렸다는 듯이 잡아당겨 외야 쪽으로 타구를 만들어냈다.

하지만 타구는 생각만큼 뻗어 나가질 못했다.

처음에는 뒷걸음질을 치던 좌익수 김현우가 다시 앞쪽으로 한참을 달려 내려와 공을 포구할 정도였다.

5번 타자 놀란 아레나스도 불리한 볼카운트에서 들어온 한정훈의 몸 쪽 스플리터를 건드렸다가 2루수 땅볼로 물러났다.

6번 타자 폴 골드슈이드는 삼진 아웃.

"후우……."

한정훈은 공 7개로 미국 올스타 대표팀의 중심 타선을 잠재우고 마운드를 내려갔다.

브래드 빅스버거보다 2개를 더 던졌지만 관중들 중 누구도 감히 한정훈이 못하다는 생각을 갖지 못했다.

9회 초, 브래드 빅스버거를 대신해 로베르토 오수아나가 마운드에 올랐다.

"100마일은 너만 던질 수 있는 게 아니야."

95년생. 한정훈보다 네 살 많은 로베르토 오수아나는 한정훈을 향한 스포트라이트에 불만이 많았다.

그래서 자청해서 마운드에 올랐다. 한정훈에게 메이저리그가 만만치 않다는 걸 제대로 보여주고 싶었다.

퍼엉!

로베르토 오수아나는 3번 타자 김현우를 상대로 98mile/h(≒157.7㎞/h)의 패스트볼을 연거푸 던지며 삼진을 잡아냈다.

김현우가 어떻게든 방망이에 맞추려고 노력했지만 한정훈 못지않게 무브먼트가 심한 로베르토 오수아나의 공을 제대로 공략해 내지 못했다.

뒤이어 타석에 들어선 4번 타자 박병훈과 5번 타자 황재윤도 로베르토 오수아나의 광속구에 밀려 땅볼로 물러났다.

"나와! 이번엔 네 차례다!"

세 타자를 깔끔하게 처리한 뒤 로베르토 오수아나가 한국측 더그아웃을 바라보며 크게 소리쳤다.

그 모습이 경기장에 설치된 수많은 카메라를 통해 정확하게 포착됐다.

-로베르토 오수아나, 한정훈에게 소리치고 있죠?

-피가 끓어오를 겁니다. 나이도 비슷하고 공격적인 스타일도 비슷하니까요.

-하지만 한정훈이 9회에도 마운드에 오를지가 미지수인

데요.

–만약 공식적인 경기였다면 당연히 올라왔을 겁니다. 오늘 던진 투구 수가 59구밖에 되지 않으니까요.

–개인적으로는 한정훈이 경기를 마무리지어주길 바라고 있습니다만 한국 팀 더그아웃에서 어떤 결정을 내릴지 지켜보겠습니다.

미국 중계석은 한정훈이 9회에 올라올 가능성을 낮게 봤다.

친선 경기에서 9이닝 완봉은 쉽지 않은 일이다.

게다가 한국 팀에는 오성환이라는 수준급 마무리투수가 버티고 있었다.

VIP룸에서 경기를 지켜보던 각 구단 관계자들 역시 한정훈이 교체되길 바랐다.

"한정훈의 활약은 이 정도로도 충분합니다."

"완봉까지 하게 되면 몸값이 더 치솟을 겁니다."

한정훈에게 달려 있던 의문은 감탄을 지나 경악으로 바뀐지 오래였다.

5만여 관중이 운집한 양키즈 스타디움에서 메이저리그를 쥐락펴락하는 대표 선수들을 상대로 8회까지 단 하나의 안타만 허용한 채 14개의 삼진을 솎아냈다.

이런 투수의 기량이나 적응력을 의심했다는 것 자체가 부끄러워질 정도였다.

그럴수록 한정훈이 더 이상 활약하는 걸 막아야 한다는 의견들이 커져만 갔다.

이미 연평균 5천만 달러라는 한정훈의 추상적인 연봉은 현실적인 몸값으로 바뀐 지 오래다.

아마 경기가 끝나면 한정훈을 영입하려는 구단들의 경쟁으로 최소 5백만 달러 정도 가치가 올라갈 가능성이 높았다.

그런데 한정훈이 완봉까지 해낸다면?

불필요한 프리미엄까지 얹어지고 말 것이다.

"한국 대표팀 감독이 친선 경기의 매너를 모르지는 않겠죠?"

"일본도 아니고 메이저리그 선수들을 상대로 그렇게까지 하진 않을 겁니다."

각 구단 관계자들이 불안한 눈으로 한국팀 더그아웃을 바라봤다.

그러다 한정훈보다 다부진 체격의 선수가 마운드에 오르는 것을 보고 하나같이 안도의 한숨을 내쉬었다.

"오성환이 나왔네요."

"한국 대표팀 감독이 옳은 선택을 했어요."

마무리투수 오성환이 한정훈에 이어 7, 8, 9번 세 타자를 연속 범타로 돌려세우며 경기를 끝마쳤지만 메이저리그 관계자 중 누구도 불만을 가지지 않았다.

한정훈을 공략하지 못한 시점에서 오늘 경기의 패배는 정해진 것이나 마찬가지였다.

그보다는 그토록 확인하고 싶었던 한정훈의 실력을 두 눈으로 확인할 수 있었다는 사실에 만족스러워했다.

하지만 미국 언론들의 표정은 썩 밝지가 않았다.

아직 메이저리그에 데뷔조차 하지 않은 한정훈이 메이저리그 올스타들로 이루어진 미국 타자들을 압도했다는 사실이 강렬함보다 불쾌함으로 다가온 것이다.

[에디슨 범가너, 아쉬운 실점. 미국 대표팀 최종전에서 패배해.]

[메이저리거 박병훈, 1타점 적시타로 팀을 우승으로 이끌어.]

[케인 키어마이어의 수비 실책. 미국의 우승을 날리다.]

그날 저녁 쏟아져 나온 기사들 속에서 한정훈은 주연이 아니라 조연으로 격하되었다.

가끔씩 한정훈의 활약상을 보도한 기자들도 없지 않았지만 대부분의 기사는 한정훈이 잘해서 진 게 아니라 미국 대표팀이 방심해서 졌다는 쪽으로 여론을 조작했다.

ㄴ하긴, 한정훈은 아시아 시리즈까지 뛰고 왔으니까 몸상태가 좋았겠지만 메이저리그 선수들은 오프 시즌이잖아. 안 그래?

ㄴ범가너 최고 구속이 92마일밖에 안 나왔잖아.

ㄴ브레이브스 하퍼도 마이클 트라우스도 베스트 컨디션은 아니었겠지.

ㄴ솔직히 메이저리그 선수들은 재미삼아 출전한 거고. 한국은 이기려고 악을 쓴 거고. 그 차이가 결과로 이어진 것뿐이야.

ㄴ한국은 우승은 했지만 매너에서 졌어. 범가너가 6회에 경기를 끝마쳤을 때 한정훈을 내렸어야 했다고.

ㄴ확실히 아시아인들은 지나치게 승리에 집착하는 것 같아.

평소 한정훈을 고깝게 여기던 야구팬들은 기다렸다는 듯이 여론에 동조했다.

물론 상당수의 야구팬은 자신들의 눈으로 직접 확인한 한정훈의 실력을 높이 평가했지만 여론의 끊임없는 평가절하를 당해내지 못했다.

그러나 한정훈은 곧장 한국행 비행기에 오르느라 미국 언론을 신경 쓸 여력이 없었다.

"하아, 쉬고 싶다."

한정훈은 폐회식도 마다하고 휴식을 선택했다.

애당초 협회 측에서 대회 참가를 조건으로 허락한 만큼 별문제는 없을 것이라고 여겼다.

게다가 한미 올스타전이 끝나면 곧바로 제2회 프리미어

12가 기다리고 있었다.

대표팀의 에이스로서 우승을 염원하는 국민들의 기대에 부응하기 위해서라도 합류 전까지 최대한 체력을 보충해 놓을 생각이었다.

하지만 이 같은 한정훈의 개별 행동은 협회 측의 반감을 사고 말았다.

"아니, 다른 선수들은 다 모여 있는데 한정훈 선수만 빠진다는 게 말이 됩니까?"

"한정훈 선수가 아시아 시리즈까지 뛰느라 쉴 틈이 없지 않았습니까."

"다른 선수들도 한미 올스타전을 준비하느라 쉬지 못한 건 똑같은데 무슨 억지입니까?"

허구은을 필두로 일부 협회 인사들은 대놓고 언성을 높였다.

설사 그런 사정이 있다 하더라도 선수가 직접 찾아와 양해를 구하고 허락을 받아야 할 텐데 모든 일은 에이전시에게 일임한 채 한국으로 떠나 버렸다는 걸 인정하지 못한 것이다.

여기에 전후 사정을 알지 못하는 언론사들이 성급하게 한정훈의 무단 귀국을 운운하면서 한정훈 사태는 일파만파로 커졌다.

"한정훈 선수는 걱정하지 마십시오. 제가 알아서 대처하겠습니다."

일방적인 협회의 언론 플레이에 발끈한 박찬영 대표는 기자 회견을 열어 한정훈 사태의 진실을 밝혔다.

그러면서 협회와 주고받은 모든 공문을 언론에 공개했다.

"뭐야? 공문대로라면 한정훈은 올스타전에 한번만 등판하게 되어 있잖아?"

"그것도 선발로 던질 경우 5이닝 제한이 걸려 있어."

"그런데도 한정훈이 일찍 한국으로 귀국했다고 이 난리를 치는 거야?"

"한정훈이 아시아 시리즈 결승전 끝나고 쉬지도 못하고 뉴욕으로 날아가서 두 경기나 던졌으면 할 만큼 한 거 아니야?"

진실이 밝혀지면서 협회는 역풍을 맞았다.

그러자 중립적이던 협회 관계자들마저 한정훈과 박찬영 대표에게 불만을 터뜨렸다.

"아니, 공식 석상에서 그런 걸 공개하면 어쩌자는 겁니까?"

"일부 기자들이 성급히 기사화한 걸 왜 협회한테 따지고 난리예요?"

"이런 식이면 한정훈 선수, 일본 못 갑니다."

"솔직히 말해서 팀 케미스트리를 해치는데 어느 누가 반겨주겠습니까? 안 그래요?"

협회는 한정훈이 조기 귀국 사유로 제출한 이깨 미세 염증

소견서를 빌미로 한정훈을 프리미어 12 대표팀 선발에서 탈락시켰다.

애당초 한정훈을 염두에 두고 최종 발표를 미뤄왔지만 더는 그럴 필요가 없다고 여긴 것이다.

그러자 이번에는 박찬영 대표의 표정이 당혹스럽게 변했다.

55장

누굴 호구로 보나(1)

한국으로 돌아온 다음 날.

한정훈은 오피스텔에서 박찬영 대표와 만났다.

"한정훈 선수, 정말 미안합니다."

박찬영 대표는 좀처럼 고개를 들지 못했다.

협회에 끌려다니지 않겠다며 강하게 대처했던 게 이런 결과로 이어질 줄은 예상하지 못한 표정이었다.

"아니에요. 그렇지 않아도 좀 쉬고 싶었는데 잘됐어요."

한정훈이 괜찮다며 웃어 보였다.

작년과는 달리 올 시즌은 11월 중순까지 실전 피칭을 이어갔다.

과거로 돌아온 이후 체계적으로 몸 관리를 하고 있다고는 하지만 어깨 상태가 좋을 리 없었다.

이런 상황에서 주변의 눈치를 보지 않고 휴식을 취할 수 있다는 건 큰 축복이었다.

물론 개인적인 아쉬움이 없지는 않았다.

프리미어 12와 월드 베이스볼 클래식은 예전부터 꼭 한번 참가하고 싶은 대회였다.

하지만 이미 최종 엔트리가 발표된 만큼 이제 와 후회해 봐야 달라지는 건 없었다.

"너무 신경 쓰지 마세요. 다음 대회도 있으니까요."

한정훈이 어른스럽게 말했다.

프리미어 12는 4년 후에도 있다.

이번 대회에 초대받지 못했다고 해서 필요 이상으로 좌절할 필요는 없었다.

하지만 박찬영 대표의 표정은 좀처럼 밝아지지 않았다.

한정훈이 생각하는 것 이상으로 문제가 심각했기 때문이다.

"협회 내부에서 예상보다 불만의 목소리가 높은 모양입니다."

"그래요?"

"협회에 비협조적인 선수들은 내년에 있을 도쿄 올림픽 출전을 금지시켜야 한다는 말들까지 나돌고 있다고 합니다."

올림픽 이야기가 나오자 한정훈의 표정도 굳어졌다.

프리미어 12가 물 건너간 상황에서 도쿄 올림픽마저 승선이 무산된다면 내후년 메이저리그 진출 계획에 차질이 생길 수밖에 없었다.

한정훈을 위한 특별 선발 제도를 도입하면서 협회는 해외 진출 자격 연한을 시범적으로 손질했다.

한정훈에게 1차 적용시킨 뒤 유예기간을 두고 모든 선수에게 적용하겠다는 계획이었다.

당시 선수협에서 원하는 건 해외 진출 자격이 아니라 FA 자격 연한 수정이었다.

기존의 대졸 입단 선수 8년/고졸 입단 선수 9년 기준을 메이저리그 서비스 타임에 준해 대졸 입단 선수 5년/고졸 입단 선수 6년으로 줄여 달라는 것이었다.

고등학교를 졸업하고 곧바로 프로에 데뷔한다 하더라도 FA 기준 6시즌을 채우기란 쉽지 않았다.

1군 등록 일수로 145일을 채워야 한 시즌이 인정되는데 이는 주전급 선수들에게나 가능한 일이었다.

입단 후 가능성을 인정받으며 동시에 기회가 생기기를 기다려야만 하는 대부분의 신인에게는 요원한 일이었다.

수준급 고졸 신인이 군복무를 포함해 5년 정도 준비 기간을 거치고 1군에 올라온다고 가정했을 때 FA가 되는 시점은 서른네 살 이후.

100세 시대인 점을 감안했을 때 결코 늦은 시기는 아니었지만 야구 선수의 평균적인 수명을 고려하자면 애매할 수밖에 없었다.

선수협의 입장에서는 서른 이전에 FA 대박을 터뜨리고 4년 만에 두 번째 FA를 준비하는 엘리트들보다 서른이 넘는 늦은 나이에 그동안의 선수 생활에 대한 보상을 기다리는 평범한 선수들에게 신경을 쓸 수밖에 없었다.

그래서 메이저리그처럼 FA 기준 연한을 6년으로 줄이자고 주장했다.

평범한 1군 선수들도 서른둘 이전에는 FA가 되어야 하지 않겠느냐는 이야기였다.

하지만 구단들은 이웃 나라 일본의 예를 들어 고졸 선수 8년/대졸 선수 7년으로 변경하길 원했다.

메이저리그처럼 시장이 크지 않는데 무조건 메이저리그를 따라간다는 건 무리라는 의견이 지배적이었다.

이 같은 갈등이 지속되던 상황에서 한정훈이 등장하고 특별 선발 제도가 생겨났다.

협회는 FA 자격 연한 대폭 축소를 바라는 선수들을 달래기 위한 일종의 당근책으로 해외 진출 자격 연한을 줄일 수 있는 제도를 만들었다.

한국의 대표 선수로서 국제 대회에 참가하는 선수들에게 포인트를 지급하고 그 포인트를 통해 최대 3년까지 해외 진출 자격 연한을 앞당길 수 있도록 한 것이다.

신규 제도대로라면 현재 7년인 해외 진출 자격이 4년까지 줄어들 수 있었다.

물론 해외 진출은 언감생심인 대부분의 선수들에게는 해당 사항이 없는 일이었지만 메이저리그를 꿈꾸는 재능 있는 선수들은 하나같이 눈을 빛낼 수밖에 없었다.

게다가 포인트를 얻는 방법도 힘들지가 않았다.

올림픽, 아시안 게임, 월드 베이스볼 클래식, 프리미어 12.

현존하는 야구 국제 대회에 참가하면 포인트가 발생하는 방식이었다.

이 중 가장 많은 포인트를 획득할 수 있는 대회는 스포츠의 꽃, 올림픽이었다.

대표팀에 선발만 되어도 20점이 부여가 되며 주전급 플레이어로 활약한 게 인정되면(전체 선수 중 기여도 상위 50퍼센트) 추가로 10점을 더 챙길 수 있었다.

여기에 성적에 따라 포상 포인트도 주어진다.

금메달의 경우 60포인트, 은메달 40포인트, 동메달 20포인트.

금메달을 따고 수훈 선수가 되면 최대 90포인트를 얻게 되는 것이다.

국가 대항전으로 자리 잡은 월드 베이스볼 클래식과 프리미어 12는 대표 선발 시 15점이 주어진다.

마찬가지로 기여도에 따라 10점을 추가로 받을 수 있으며 우승을 할 경우 40포인트, 준우승 30포인트, 4강 진출 시 15 포인트가 더해진다.

최대 획득 포인트는 65포인트.

병역 혜택이 없는 국가 대항전임을 감안해 포인트가 상향 조정됐다.

반면 병역 혜택 게임이라고까지 불리는 아시안 게임의 배정 점수는 상대적으로 낮았다.

선수 선발 시 10점, 메달 획득 시 최대 20점(금메달 20/은메달 15/동메달 10), 기여도에 따라 10점.

최선을 다해도 40점을 얻는 게 한계였다.

특정 선수가 60점 이상 점수를 획득할 경우 해외 진출 연한을 1년 단축시킬 수 있었다.

누적 점수가 130점 이상이 되면 2년, 200점을 넘어서면 최대 3년까지 해외 진출 시기를 앞당기는 게 가능했다.

산술적으로 올림픽과 월드 베이스볼 클래식, 그리고 프리미어 12에 참가해 전부 우승할 경우 최대 230점의 포인트를 얻을 수 있었다.

일부 언론에서는 한정훈이 최대 점을 확보할 경우 내년에 메이저리그에 진출할지 모른다는 소문이 나돌았다.

하지만 애석하게도 한정훈이 현실적으로 참가할 수 있는 대회는 아시안 게임–프리미어 12–올림픽 순서였다.

이 세 개의 대회를 통해 얻을 수 있는 최대 점수는 195점.

3년을 줄이는 데 필요한 200점에서 5점이 부족한 점수였다.

그래서 한정훈과 박찬영 대표는 해외 진출 자격 2년 단축을 목표로 삼았다.

200점 달성은 불가능했지만 아시안 게임과 프리미어 12, 올림픽에 참여할 경우 130점 획득은 가능하다는 계산이었다.

세 개 대회의 참가 점수만 해도 45점.

여기에 기여도 포인트를 합산하면 75점이다.

아시안 게임 금메달로 20점을 추가하면서 남은 점수는 35점. 올림픽 동메달–프리미어 12 4강 진출로 충분히 확보가 가능한 수준이었다.

그런데 예상치 못하게 프리미어 12 참가가 불발되면서 점수 확보가 어려워졌다.

현재까지 한정훈이 확보한 점수는 아시안 게임에 참여하며 얻은 40점.

남은 90점을 올림픽으로 충당하려면 금메달이 필수였다.

결코 쉽지 않은 일이었지만 한정훈은 일단 희망을 가졌다.

최악의 경우 내년에 있을 올림픽에서 금메달을 따지 못하더라도 내후년에 열리는 월드 베이스볼 클래식에 참여해서 부족한 점수를 충당할 수도 있었다.

하지만 협회 측에서 한정훈에 대한 반감을 드러내면서 올림픽 출전마저 장담할 수 없는 상황이 되어버렸다.

“정말 미안합니다. 제가 일처리를 잘했어야 했는데…….”

박찬영 대표가 다시 말끝을 흐렸다.

오직 한정훈을 위한다는 마음으로 열심히 일했는데 결과가 이런 식으로 나오다 보니 회의감이 들 수밖에 없었다.

박찬영 대표는 최악의 경우 계약 해지까지도 각오했다.

자신을 대신해 다른 유능한 에이전시가 나서서 협회와의 실마리를 풀어내 준다면 얼마든지 물러날 생각이었다.

그러나 한정훈은 박찬영 대표를 탓하고 싶은 마음이 추호도 없었다.

박찬영 대표가 아니었다면 지금처럼 야구에 전념하며 선수 생활을 하고 있지도 못했을 것이다.

“저는 괜찮으니까 신경 쓰지 마세요. 여차하면 뭐…… 1년 더 한국에 있다 가면 되죠.”

“한정훈 선수…….”

“그러니까 지금까지처럼만 해주세요. 저는 대표님께 아무 불만 없으니까요.”

한정훈이 대수롭지 않게 말했다.

협회와의 관계가 껄끄럽다 하더라도 내부적인 페널티가 오래갈 것이라고는 생각하지 않았다.

최악의 경우 내년 올림픽까지는 포기해야 할지 몰랐다.

하지만 첫 우승을 노리는 월드 베이스볼 클래식에서는 다시 대표팀에 승선할 가능성이 높았다.

이듬해 아시안 게임도 마찬가지.

금메달에 대한 압박이 심한 만큼 최고의 전력을 유지해야 한다는 여론이 만들어질 가능성이 높아 보였다.

'편하게 생각하자. 국내에서 1년 더 뛰면서 좋은 기록을 남기는 것도 나쁘지는 않으니까.'

한정훈은 조급해하지 않았다.

결국은 시간이 필요한 상황이었다. 혼자 아등바등한다고 해서 해결이 될 문제가 아니었다.

물론 메이저리그 진출은 꼭 이루고 싶었다.

그건 모든 야구 선수가 꿈꾸는 성공의 이정표였다.

하지만 그렇다고 해서 국내 생활이 싫은 건 아니었다.

스톰즈의 에이스로 팀을 이끌며 팬들의 과분한 사랑을 받고 있는 이런 경험 자체가 솔직히 꿈같기만 했다.

그러나 박찬영 대표는 한정훈의 메이저리그 진출이 늦어지는 꼴을 두고 볼 생각이 없었다.

"조금만 기다려 주십시오. 제가 어떻게든 타협점을 찾아보겠습니다."

박찬영 대표가 결연한 얼굴로 말했다.

한정훈이 이 정도로 자신을 믿어주는데 에이전시로서 가만히 있을 수가 없었다.

그때였다.

지이잉. 지이잉.

테이블 위에 올려놓았던 한정훈의 핸드폰이 울렸다.

"저는 잠깐 화장실 좀 쓰겠습니다."

박찬영 대표가 슬그머니 자리를 피해주려 했다.

한창때인 한정훈에게 여자 친구가 생겼을지 모른다고 여겼다.

하지만 한정훈이 그럴 필요 없다며 고개를 흔들었다.

"모르는 번호인데요."

"그래요? 혹시 배달 온 거 아닐까요?"

"글쎄요. 그런 건 경비실에 다 맡겨놓으라고 하는데……."

"그럼 제가 한번 받아보겠습니다."

한정훈은 선선히 박찬영 대표에게 핸드폰을 건네주었다.

그 모습이 어찌나 당당하던지 박찬영 대표는 슬쩍 쓴웃음을 지어야 했다.

"네, 전화 받았습니다."

박찬영 대표가 정중하게 전화를 받았다.

그러자 핸드폰 너머로 어딘지 모르게 익숙한 목소리가 들려 왔다.

–여보세요? 한정훈 선수?

"실례지만 누구십니까?"

–나예요, 나. 이훈재. 내 목소리 잊었어요? 우리 재작년에 같이 방송 촬영했었잖아요. 슈퍼 서바이벌이요.

"아…… 이훈재 씨?"

—응? 이상하다. 한정훈 선수 핸드폰 아니에요?

"아닙니다. 맞습니다. 저는 한정훈 선수 에이전시 대표 박찬영입니다. 지금 한정훈 선수가 전화를 받을 상황이 아니어서 대신 받았습니다."

—아! 박찬오 선수 동생분이시죠? 말씀 많이 들었습니다. 그렇지 않아도 한정훈 선수에게 전화를 할까 에이전시로 할까 하다가 먼저 여기로 전화했는데 잘됐네요.

통화 대상이 바뀌었지만 이훈재는 아무렇지도 않게 용건을 늘어놓았다.

자신이 새로 육아 프로그램의 MC가 됐는데 한정훈이 출연해 주길 바란다는 것이었다.

—어려운 일은 아니고요. 그냥 7살 애들하고 간단히 놀아주기만 하면 돼요. 애들도 다 착하고 순진해서 한정훈 선수도 좋아할 거예요.

이훈재가 한참 동안 프로그램의 콘셉트에 대해 떠들어댔다.

그러면서 중간중간에 슈퍼 서바이벌 때의 인연을 덧붙였다.

하지만 고작 그 정도 친분으로 한정훈을 예능에 끌어들이기란 쉽지 않은 일이었다.

"말씀 잘 들었습니다. 한정훈 선수하고 스케줄 조정을 해볼 테니 에이전시 쪽으로 다시 한 번 연락 주십시오."

박찬영 대표는 특유의 사무적인 말투로 이훈재의 집요함을 잘라냈다.

그러고는 질렸다며 고개를 흔들어 댔다.

"하아, 알 만한 분이 이러시네요."

이훈재는 연예계에서도 유명한 야구광이었다.

스케줄이 빌 때면 야구장에서 살다시피 하는 그가 한정훈의 처지를 모를 리 없었다.

그런데도 한정훈에게 예능 출연을 제안했다는 건 제 잇속 챙기기밖에 되지 않았다.

게다가 이제 스무 살인 한정훈에게 예닐곱 살의 아이들을 돌보라는 콘셉트 자체도 썩 달갑지 않았다.

"이훈재 씨하고 많이 친하신가요?"

박찬영 대표가 한정훈을 바라봤다.

"아뇨, 아시안 게임 금메달 땄을 때 한 번 축하 전화 오고 통화한 적 없는데요."

"육아 예능에 출연하실 생각은 당연히 없으시죠?"

"그럼요. 지금 상황에서 예능에 출연하면 욕을 바가지로 먹을 텐데요."

한정훈이 멋쩍게 웃었다.

대외적으로는 가벼운 어깨 부상을 당한 것으로 되어 있는데 예능에 출연할 수는 없는 일이었다.

“그렇다면 제 선에서 처리하도록 하겠습니다.”

박찬영 대표도 묵묵히 고개를 끄덕였다.

시즌이 끝나면서 한정훈을 향한 방송계의 러브콜이 끊이지 않은 상황이었다.

베이스 볼 61 내부적으로는 콘셉트가 맞는 예능에 한두 개 정도 출연하는 것도 나쁘지 않다는 의견이 많았다.

작년에야 프로 1년 차라서 예능 출연을 자제했지만 2년 연속 좋은 성적을 거두고 팀을 우승으로 이끈 만큼 어느 정도 노출은 불가피하다는 것이었다.

하지만 박찬영 대표는 예능 출연을 강행할 생각이 없었다.

더욱이 프리미어 12가 이제 막 시작되려는 시기였다.

여기서 한정훈이 괜히 쓸데없는 구설수에 오를 필요는 없어 보였다.

“그럼 이만 가 보겠습니다. 마중 안 나오셔도 되니까 몸 관리 잘하시고 다음 스케줄이 생기면 연락드리겠습니다.”

박찬영 대표가 이내 자리에서 일어났다.

한정훈의 재신임을 받은 이상 이렇게 죽치고 있을 시간이 없었다.

“네, 저는 맘 편히 선배들 우승하는 거나 지켜보겠습니다.”

한정훈이 씩 웃으며 소파에 몸을 기댔다.

예전 같았으면 TV에서 대표팀의 활약을 지켜보는 게 속이 쓰렸겠지만 이번에는 기꺼운 마음으로 선수들을 응원할 수 있을 것 같았다.

'한정훈 선수는 마음도 넓네요.'

박찬영 대표는 애써 속내를 삼켰다.

에이전시의 입장에서 한정훈이 없는 한국 대표팀이 승승장구하는 건 솔직히 달갑지가 않았다.

가장 최선의 그림은 한국 대표팀이 힘겹게 우승하는 것이었다.

1회 프리미어 12에서 오타니 쇼헤에게 고전하며 젊은 투수의 필요성이 대두했던 것처럼 이번 프리미어 12에서도 비슷한 전개가 이어진다면 한정훈의 빈자리를 충분히 어필할 수 있었다.

다행히도 야구 전문가들은 벌써부터 한정훈의 빈자리를 걱정하기 시작했다.

"팀을 이끌어줄 메이저리그거들이 엔트리에서 빠져 있다는 것도 문제지만 한정훈 선수의 공백이 가장 커 보입니다."

"제 생각도 같습니다. 미국은 둘째 치고 일본에서 오타니 쇼헤를 앞세워 설욕을 준비하고 있는데 류현신과 한정훈이 모두 빠져 버렸으니 일본과의 맞대결에 내세울 만한 투수가 없는 실정입니다."

일본에서는 일찌감치 에이스인 오타니 쇼헤를 비롯해 다르비스 유와 다나카 마스히로, 마에다 켄타 등 메이저리거들을 엔트리에 포함시켜 놓았다.

반면 한국은 프리미어 12 직전에 치러진 한미 올스타전 때문에 메이저리거들의 합류가 불가능한 상태였다.

메이저리그 구단들은 한미 올스타전에만 선수 차출을 허용하겠다는 뜻을 밝혔다.

표면상으로는 선수 보호를 들었지만 미국이 주도하는 월드 베이스볼 클래식과 경쟁 관계에 있는 프리미어 12에 딴죽을 건 것이나 다름없었다.

결국 최고의 전력으로 한미 올스타전을 우승하고 곧바로 프리미어 12의 2연패에 도전하겠다는 협회는 엔트리를 대폭 수정했다.

메이저리거와 젊고 유망한 선수들로 한미 올스타전을 치르고, 관리가 필요한 주축 선수들은 프리미어 12에 전념하도록 배려한 것이다.

한미 올스타전이 시작되기 직전 발표된 프리미어 12 엔트리에는 국제 대회 경험이 많은 선수가 대거 포함되어 있었다.

하지만 애석하게도 투수가 부족했다.

협회는 그 빈자리를 한정훈과 류현신으로 채울 계획을 세웠다.

협회와 그동안 원만한 관계를 유지해 왔던 다저스라면 얼마든지 류현신의 차출에 동의해 줄 것이라 기대했다.

해외 진출 자격 연한 단축이 걸린 한정훈의 경우에는 대표로 선발만 해줘도 충분히 고마워할 것이라 예상했다.

하지만 결과적으로 류현신과 한정훈을 모두 놓치면서 프리미어 리그 2연패에 빨간 불이 들어온 상태였다.

애당초 전문가들은 류현신이 프리미어 12에 참가할 가능성을 낮게 보았다.

냉정하게 말해 올 시즌 1억 달러라는 거금을 주고 재계약한 류현신을 다저스 구단이 호락호락 일본까지 보내줄 리가 없었다.

그나마 류현신이 한미 올스타전에 불참했다면 또 모르겠지만 한정훈이 합류하기 전까지 팀의 에이스로 활약한 만큼 다저스의 호의를 기대하기 어려운 상황이었다.

그래서 전문가들은 류현신만 믿고 한정훈을 일찌감치 엔트리에서 제외시킨 협회의 결정에 불만의 목소리를 높였다.

"협회가 너무 성급했습니다. 제가 알아본 바에 따르면 한정훈 선수의 어깨 상태는 걱정할 만큼 심각한 수준이 아니었습니다."

"까놓고 말해 한정훈 선수의 어깨가 멀쩡하길 기대한다는 거 자체가 웃긴 일이었습니다. 한국 시리즈에서 네 번이나 등판하고 며칠 쉬지도 못하고 일본으로 건너가 아시아 시리즈 결승전을 완투하고, 또 결승전 다음 날 곧바로 미국으로 날아가 한미 올스타전 결승전에서 8회까지 공을 던지고 곧바로 한국으로 돌아왔습니다. 제대로 쉬지도 못하고 이런 강행

군을 했으니 한정훈 선수의 어깨가 정상 컨디션이 아닌 게 당연합니다. 하지만 그 정도는 선발 일정을 잘 조정해 준다면 얼마든지 케어가 가능한 정도였습니다. 무턱대고 엔트리에서 뺄 게 아니었단 말입니다."

"물론 협회에서도 한정훈 선수가 만에 하나 등판하지 못할 가능성을 염두에 두지 않을 수 없었을 겁니다. 하지만 엔트리 최종 발표일보다 이틀이나 앞서서 한정훈 선수의 엔트리 탈락을 발표할 필요는 없었다는 겁니다."

"한정훈 선수를 한미 올스타전에 참가시킨 협회의 방침에도 문제가 있습니다. 한정훈 선수가 메이저리그 진출이 가능한 젊고 유망한 선수인 건 분명하지만 한국 대표팀의 에이스 아니겠습니까? 그렇다면 당연히 아시아 시리즈 이후 휴식을 통해 프리미어 12에 대비하도록 배려해 줘야 했습니다. 그랬다면 이런 일은 일어나지 않았겠죠."

전문가들은 한정훈 없이 우승을 일궈내기란 결코 쉽지 않을 것이라고 입을 모았다.

그러면서도 한국 대표팀이 무난하게 결승에 오를 것이라고 전망했다.

"일단 한국이 속한 A조의 예선전이 한국에서 치러진다는 건 호재입니다."

"지난 대회에서는 개막전을 일본에서 치르고 대만까지 날아갔다가 다시 본선 때 일본으로 오는 말도 안 되는 일정이었지만 이번 대회는 한국에서 예선을 치른 뒤에 일본으로 건너가면 되는 일이니까요. 아무래도 선수들이 경기에 적응하고 집중하는 데 큰 도움이 될 겁니다."

"조 편성도 좋습니다. 한국을 비롯해 대만, 네덜란드, 캐나다, 멕시코, 이탈리아가 속한 A조에서 한국이 경계해야 할 나라는 솔직히 없다고 봐도 무방합니다. 대만 역시 메이저리거들이 불참한 상태고 나머지 나라들은 한국보다 확실히 한 수 아래로 봐야 할 테니까요."

"예상대로 A조 1위로 예선을 통과하면 가장 부담스러운 일본과 미국은 결승에서나 만날 가능성이 높습니다. 쿠바나 푸에르토리코도 다크호스지만 한국팀의 전력이라면 충분히 승산이 있다고 봅니다."

전문가들의 예상대로 한국 대표팀은 부산 야구장에서 치러진 예선전을 전승하며 조 1위로 올라섰다.

믿을 만한 선발투수가 없다는 게 아킬레스건으로 여겨졌지만 김강현과 양현중, 윤성민, 장원진으로 이어지는 선발진이 제 몫을 해내면서 우려감을 말끔히 씻어냈다.

일본으로 자리를 옮겨 열린 본선 8강전에서 한국 대표팀은 푸에르토리코를 4 대 2로 따돌렸다.

한국 대표팀은 에이스 김강현이 7이닝 5피안타 1실점의 호투를 펼치며 팀을 4강으로 이끌었다.

다음 날 열린 4강전에서는 윤성민의 호투가 돋보였다.

한미 올스타전에서도 좋은 모습을 보여주었던 윤성민은 쿠바 타자들을 상대로 6이닝 동안 단 세 개의 안타밖에 내주지 않았다.

그사이 한국 타자들이 제구력 난조를 보이는 쿠바 마운드를 폭격하며 9 대 2, 일곱 점 차 대승을 거두었다.

이때까지만 해도 한국의 투타 밸런스는 완벽에 가까워 보였다.

마운드 높이가 낮다는 전문가들의 의견을 기억하는 이들이 드물 정도였다.

하지만 휴식일 없이 펼쳐진 일본과의 결승전이 시작되면서 지난 프리미어 12의 악몽이 되살아났다.

미국과의 준결승전에서 필승 카드인 오타니 쇼헤를 내세우면서 결승전에는 다르비슈 유나 다나카 마스히로의 등판이 점쳐졌다.

하지만 정작 마운드에 오른 건 스물한 살의 젊은 피, 하리모토 쇼타였다.

한국 대표팀 타자들은 예상 밖의 깜짝 선발을 내심 기꺼워했다.

메이저리그에서도 에이스급 투수로 분류되는 다르비스 유나 다나카 마스히로보다 쇼타를 상대하는 게 훨씬 낫다고 여겼다.

하지만 올 시즌 팀을 재팬 시리즈로 이끌었던 재팬햄의 에이스, 쇼타는 그리 만만치가 않았다.

오프 시즌임에도 포심 패스트볼의 최고 구속은 155㎞/h에 달했다.

여기에 좌완이라는 이점과 마지막 순간까지 공을 숨기고 던지는 독특한 투구 폼까지 더해지면서 체감 구속은 160㎞/h를 상회했다.

쇼타가 결정구로 사용한 포크볼의 무브먼트도 훌륭했다.

대놓고 한가운데로 던지는데도 제대로 때려내는 타자들이 없을 정도였다.

쇼타 하면 떠오르는 삼색 마구도 일품이었다.

패스트볼에 초점을 맞추다 보면 어김없이 날아드는 슬라이더와 체인지업, 커브에 타자들은 타이밍을 맞추기조차 쉽지 않았다.

그렇게 쇼타가 한국 대표팀 타자들을 상대로 8회까지 2피안타 1사사구 무실점으로 틀어막으며 오타니 쇼헤급 피칭을 펼치는 동안 한국의 선발투수 장원진은 6회까지 홈런 2방을 허용하며 3점을 내주었다.

뒤이어 등판한 양현중이 9회까지 무실점으로 잘 막아냈지만 3 대 0이라는 리드는 달라지지 않았다.

9회 말. 3점을 뒤진 상황에서 중계를 시청하는 수많은 야구팬은 2015년을 떠올렸다.

제1회 프리미어 12 일본과의 준결승전에서 3 대 0의 점수를 4 대 3으로 뒤집었던 그날의 기적이 다시 반복되기를 바랐다.

그리고 놀랍게도 한국 타자들은 9회 말 안타 3개와 사사구 2개를 곁들여 4 대 3, 경기를 뒤집어버렸다.

컨디션이 좋지 않았던 마에다 켄타를 마무리투수로 올린 일본 대표팀의 강수가 최악의 결과로 이어진 것이다.

한국 대표팀이 숙적 일본을 꺾고 프리미어 12 2연패에 성공하면서 협회는 한국 야구가 세계 정상에 우뚝 섰다고 자부했다.

하지만 야구 전문가들은 결승전에서 보여주었던 경기력을 들며 이대로는 내년 도쿄 올림픽의 선전을 장담하기 어렵다고 꼬집었다.

"일본은 오타니 쇼헤이에 이어 하리모토 쇼타라는 훌륭한 투수가 계속해서 등장하고 있는데 한국은 아직도 류현신 타령입니다."

"내년이면 김강현 선수도 서른셋입니다. 류현신 선수는 서른넷이죠. 언제까지 이들에게 기댈 수만은 없습니다."

"그나마 한정훈 선수가 있어서 다행이긴 하지만 글쎄요. 한정훈 선수 혼자서 모든 경기를 완투할 수는 없는 일이니까요."

"올림픽에서 좋은 성적을 거두기 위해서라도 협회가 한정훈 선수를 지금부터 제대로 케어할 필요가 있습니다. 만에 하나 한정훈 선수가 올림픽에 불참하게 된다면 그때는 정말 답이 없어요."

"항간에 떠도는 소문들에 대해서도 협회가 빨리 수습을 해 줘야죠. 어린 선수에게 뭐하자는 건지 모르겠습니다. 정말로 협회와 한정훈 선수 사이에 갈등이 있다고 해도 이런 식은 곤란합니다. 국민들은 바보가 아니에요."

일부 전문가는 한정훈과 협회의 불화설을 수면 위로 끄집어 올리며 관계 개선을 촉구했다.

여론들도 전문가들의 의견을 받아들여 올림픽에 앞서 대표팀 마운드의 세대교체가 이루어져야 된다고 주장했다.

그리고 새로운 에이스로 한정훈을 꼽았다.

상황이 이렇게 되자 협회 입장도 난감해졌다.

내부적으로는 이번 기회에 한정훈의 기를 꺾어야 한다는 주장이 적잖았지만 돌아가는 분위기는 결코 협회에 우호적이지가 않았다.

"한정훈 선수는 어린 선수입니다. 어린 선수가 에이전시에 휘둘린 걸 가지고 협회에서 이러는 건 갑질이나 다름없습니다."

"솔직히 한정훈 선수를 상대로 갑질을 한다는 거 자체가 우스운 일입니다. 까놓고 말해서 한정훈 선수 이외에 대안이라는 게 있습니까? 메이저리그에서도 서로 데려가겠다고 난리인 선수를 협회가 괄시해요? 허, 지나가던 개가 웃을 일입니다."

"말조심하세요. 그리고 한정훈이 먼저 어깨가 아프다고 핑계를 대지 않았습니까?"

"우리 입은 삐뚤어져도 말은 바로 합시다. 우리가 먼저 한정훈 선수 조기 귀국한 걸로 닦달하니까 에이전시에서 한정훈 선수의 어깨 상태를 고려해 달라고 관례적으로 보낸 거 아닙니까? 그걸 빌미로 프리미어 12에서 뺐으면 우리가 치사한 거지 한정훈 선수가 너무한 겁니까?"

"아니, 이 사람들이 왜들 이래요? 한정훈 선수는 협회 소속 선수 아니랍니까? 협회에서 추진하는 일에 적극 협조를 해야지 인기 좀 있다고 말이야 건방지게 제멋대로 구는데 그걸 두고만 보란 말입니까?"

"지금 그걸 말이라고 합니까? 막말로 한정훈 선수가 해외 진출한 뒤에 국제 대회 전부 보이콧하면 당신들이 책임질 겁니까?"

"자, 자. 진정들 좀 하세요. 그리고 한정훈 선수가 국제 대회 보이콧한다는 건 지나친 추측처럼 느껴집니다."

"지나치다니요? 정말 그렇게 생각하십니까? 그럼 더 지나친 이야기해 볼까요? 협회가 국제 대회 불러주지 않아도 한정훈 선수는 얼마든지 메이저리그 진출할 수 있습니다. 은퇴 선언하고 미국으로 가버리면 그만이니까요."

"은퇴하고 미국에 간다니요! 그게 지금 말이나 되는 소리입니까?"

"못할 것도 없죠. 만약 내후년까지 한정훈 선수가 지금처럼 활약한 뒤에 은퇴를 선언하면 스톰즈에서 임의 탈퇴로 묶을 거 같습니까? 오히려 선수의 미래를 위해 방출해 줬다고 호도할 게 뻔합니다."

"스톰즈가 미쳤습니까? 그런 짓을 하게?"

"협회에서 한정훈 선수 해외 진출을 방해한다고 스톰즈 구단이 좋아할까요? 오히려 협회하고 선을 그을 겁니다. 애당초 스톰즈 구단도 한정훈 선수를 4년 정도만 보유할 생각을 가지고 있었습니다. 그러니 협회처럼 욕심 부리다 같이 욕먹으려 하지 않을 겁니다."

"그렇게 되면 어디 가서 협회 임원이랍시고 얼굴 들고 다니지도 못하게 될 겁니다. 정말 그런 촌극이 벌어지길 바라는 겁니까? 그러니까 제발 해외 진출 자격 연한 가지고 선수에게 갑질 한번 해보겠다는 생각 좀 버려요."

"제 말이 그 말입니다. 지금 시대가 어느 시대인데 협회에서 선수들을 이런 식으로 대우합니까?"

세 시간 가까이 진행된 난상 토론 끝에 일부 고위 임원들에 의해 주도되었던 한정훈의 무기한 국가대표 선발 금지 징계는 불합리하다는 결론이 나왔다.

회의에 참석했던 고위 임원들이 불쾌함을 드러냈지만 현실을 냉정히 봐야 한다는 전문가들과 위촉 의원들의 주장에 완전히 밀려 버리고 말았다.

"젠장, 한정훈 없으면 대한민국 야구가 어떻게 되기라도 하는 거야? 다들 왜 저 난리인 거야?"

"그러게나 말입니다. 다들 한정훈 에이전시에게 뒷돈이라도 받아 챙긴 거 아닌지 의심스러울 정도입니다."

야구 발전 위원회의 회의 결과를 전해 들은 안해만 사무총장과 김대식 사무처장은 불만을 터뜨렸다.

야구 발전을 위한답시고 모인 자들이 오히려 야구 발전을 저해하고 있으니 기가 차서 말이 나오질 않았다.

마음 같아선 야구 발전 위원회가 뭐라고 떠들던 간에 한정훈의 내부 징계를 강행하고 싶었다.

여기서 물러섰다간 협회 꼴이 우스워질 가능성이 높았다.

하지만 애석하게도 여건이 좋지 않았다.

여론은 물론이고 정치권에서도 2020년 총선을 앞두고 한정훈에게 관심을 드러내고 있었다.

여기서 괜히 고집부렸다간 협회의 존립 자체가 위태로워질지 몰랐다.

"어쨌든 위원회의 결정이 내려졌으니 일단은 한정훈을 잘 다독이는 모양새가 필요해 보입니다."

"연말 행사도 고려해야죠. 시상식이 코앞인데 한정훈이 불참해 버리면 모양새가 살지 않을 겁니다."

"대신 협회가 너그럽게 관용을 베풀어줬다는 인식을 확실히 심어줘야 합니다.”

“당연히 그래야죠. 설마 우리가 한정훈이 무서워서 이러겠습니까? 그저 대한민국 야구계를 위해 용서한 거죠.”

야구 발전 위원회의 제안을 안해만 사무총장이 받아들이면서 한정훈에 대한 징계는 공식 철회됐다.

자연스럽게 그 소식이 박찬영 대표에게도 전달됐다.

“허……. 이걸 기뻐해야 할지 모르겠군.”

비공식적인 협회 입장이 전해지기가 무섭게 날아든 수많은 협조 공문을 바라보며 박찬영 대표가 고개를 흔들어 댔다.

프로야구 시상식이야 참여를 해야겠지만 공식적인 행사뿐만 아니라 협회 고위 임원들과 관련된 비공식적인 행사까지 참석해 달라는 요청이 쇄도하니 그야말로 골이 지끈거렸다.

‘이래놓고 한정훈 선수의 미래를 걱정하듯 떠드니 어처구니가 없네, 정말.’

박찬영 대표가 이내 고개를 절레절레 흔들어 댔다.

말이 좋아 한정훈을 위해서지 이건 자신들이 필요하기 때문에 한정훈의 말도 안 되는 징계를 철회시키며 생색내는 것이나 다름없었다.

“올해부터는 김 팀장이 스케줄 관리하세요.”

박찬영 대표가 한정훈 전담 매니저팀 팀장으로 승진한 김상엽을 불러 공문들을 넘겼다.

그러자 김상엽이 당혹스러운 표정으로 되물었다.

"이 많은 걸 전부 다 진행하라는 말씀은 아니시죠?"

작년보다 많아질 거라 예상은 했지만 이건 많아도 너무 많았다.

한정훈의 클론을 두 개체 정도 더 만들어야 겨우 소화가 가능할 정도였다.

"일단 행사의 중요도에 따라 선별하고 스케줄표 만들도록 해요. 그다음에 한정훈 선수에게 잘 설명하고 한정훈 선수가 동의하는 행사만 진행시키세요."

"알겠습니다. 대표님, 그리고 방송국에서 연락이 왔는데요……."

"아아, 예능이라면 거절하세요. 한정훈 선수가 예능 프로그램에 나가서 웃고 떠들 분위기는 아니잖아요."

"말씀하신 대로 예능 프로그램은 정중히 고사했는데……. 이건 드라마인데요."

"드라마요?"

"네, 시놉시스상으로는 수백억 원대의 첩보물인데 한정훈 선수가 잠깐 얼굴을 비춰주길 희망하고 있습니다."

"흠……. 드라마라."

박찬영 대표가 잠시 고민에 빠졌다.

예능은 어렵겠지만 드라마라면 조금 구미가 당겼다.

프리미어 12 불참으로 인해 몸을 사리고는 있지만 프로야구 MVP 2연패를 눈앞에 둔 한정훈에 대한 노출이 어느 정도는 필요한 상태였다.

“정확하게 어떤 역할인지 확인해 봤어요?”

“네, 무리한 역할은 아니고요. 극중 한정훈은 세계적인 메이저리거이고 여자 주인공이 국가 정보 요원인데 외국에서 임무를 수행하던 도중에 해외 조직들에게 쫓기게 됩니다. 그리고 호텔에 몸을 숨기는데 거기서 하필 한정훈 선수를 만나는 거죠.”

“오오~ 좋아요. 계속해 봐요.”

박찬영 대표가 눈을 반짝였다.

한정훈을 세계적인 메이저리거로 잡았다는 콘셉트 자체부터가 마음에 든 것이다.

“네, 그런데 정작 여자 주인공은 한정훈 선수를 잘 모르거든요. 그래도 일단 동양인인 거 같아서 연인인 척 접근하며 위기를 모면하려고 합니다. 한정훈 선수도 여자 주인공이니까 도움을 주려고 하고요.”

“그때 적들이 들이닥치겠군요!”

“네, 그러자 여자 주인공이 한정훈 선수에게 키스를…….”

“오오! 키스! 한정훈 선수는 좋겠네요. 여자 주인공은 누구입니까?”

“그게 시도하려고 하는데 한정훈 선수가 웃으며 거절한다고 하네요.”

“예에? 아니, 뭐 그런 뭣 같은 시나리오가 다 있답니까?”

기대를 짓밟는 듯한 진행에 박찬영 대표가 황당함을 감추지 못했다.

세계적인 메이저리거와 여자 주인공이 만났는데 키스신이 없다니.

과대 포장된 과자를 뜯은 기분이었다.

그러자 김상엽이 멋쩍은 얼굴로 말을 이었다.

“그게 작가가 한정훈 선수 광팬이라네요. 감독이 키스 장면 넣자고 그렇게 말했는데 코대답도 안 했답니다.”

“작가가…… 미혼 여성인가 보네요.”

“네, 유명합니다. 강자매라고 롤코계에선 최고로 불린답니다.”

“어쨌든 그래서요? 그다음은 어떻게 됩니까? 설마 한정훈 선수가 격투라도 합니까?”

박찬영 대표가 다시 열을 올렸다.

키스가 안 된다면 남자답게 멋들어진 액션신이 나오길 기대했다.

어차피 격투 신은 대역을 쓰게 될 터.

한정훈의 남성적인 이미지가 부각되는 것도 나쁘지 않았다.

하지만 이번에도 김상엽은 어색하게 웃기만 했다.

“아뇨. 저도 그러길 기대했는데 그 해외 조직 보스가 한정훈 선수를 알아본다고 합니다. 그래서 여자 주인공은 내버려두고 한정훈 선수에게 사인을 받는답니다. 한정훈 선수도 여자 주인공을 자신의 지인이라고 감싸주고요."

"……."

"더 웃긴 건 여자 요원이 그날 밤에 와인을 들고 한정훈 선수를 찾아가는데 한정훈 선수가 가운을 입은 채로 땀을 뻘뻘 흘리며 나온다고 합니다."

"그건…… 이미지가 좀 그렇지 않나요?"

순간 박찬영 대표의 표정이 굳어졌다.

자신도 모르게 문란한 상상이 떠오른 것이다.

그러자 김상엽이 재빨리 손사래를 쳤다.

"아, 대표님이 생각하시는 그런 상황은 아니고요. 여자 주인공은 그 모습을 보고 여자와 함께 있다고 착각하고 실망한 채 와인만 전해 주고 가버리고요. 한정훈 선수는 다시 방에 들어가서 투구 연습을 한답니다."

"투구…… 연습이요?"

"네, 투구 연습이요. 다시 한 번 말씀드리지만 한정훈 선수의 극 중 역할은 세계적인 메이저리거니까요."

"허허, 이거 한정훈 선수를 너무 번듯한 이미지로 만들어주니 고맙긴 한데……."

"방송국 쪽에서는 한정훈 선수가 3회 이상 출연을 해준다면 작가를 바꿔서라도 대본 수정하겠다는데 현실적으로는 쉽지 않으니까요."

"흐음……."

박찬영 대표가 다시 길게 신음했다.

살짝 김이 새기는 했지만 한정훈의 역할도 나쁘지 않은 만큼 드라마 출연을 긍정적으로 생각해 볼 필요가 있을 것 같았다.

"일단 한정훈 선수의 스케줄에 최대한 맞춰줄 수 있는지부터 확인해 보세요. 촬영 시간도 3시간 이내로 조절해 보시고요. 그래도 그쪽에서 오케이 하면 마지막으로 한정훈 선수의 의사를 물어보고 진행해 보세요. 그리고 초상권 같은 건 확실히 처리하고요."

"네. 걱정하지 마십시오, 대표님."

김상엽 팀장은 박찬영 대표의 지시대로 방송국 측과 조율을 시작했다.

예상외로 방송국에서는 베이스 볼 61이 요구하는 모든 조건을 군말 없이 받아들였다.

"그런데 본래 이렇게까지 협조를 해주십니까?"

"아뇨, 그럴 리가 있나요. 방송국이 얼마나 깐깐한데요."

"그러면 왜……?"

"한정훈 선수잖아요. 캐릭터가 아니라 정말로 세계적인 메이저리거가 될 선수인데 미리미리 잘 보여야죠."

"그렇게 말씀하셔도 추가 촬영은 어려운데요."

"하하. 이번 작품만 작품이겠습니까? 다음에 또 기회가 있을 때 잘 봐 달라는 이야깁니다."

넉살 좋은 피디 덕분에 한정훈의 첫 드라마 촬영은 순조롭게 진행됐다.

한정훈도 메이저리거 캐릭터라는 말에 흔쾌히 고개를 끄덕거렸다.

"일단 촬영 일정은 시상식 이후로 잡았습니다."

"알겠습니다. 그런데 협회 쪽에서 별말 없나요?"

"그렇지 않아도 문의를 해봤는데 오히려 좋아하던데요?"

"그래요?"

"작년에 월드컵이라고 축구로 떠들썩했었잖아요. 축구가 배경이 된 드라마도 여럿 나왔고요. 그러니 협회도 오히려 반기는 모양입니다. 게다가 현실성 있는 캐스팅이니까요."

"그렇다면 다행이네요."

"대신 협회에서 적극 권장한 것으로 이야기를 맞춰 달라고 했습니다. 대표님도 한정훈 선수가 곧바로 승낙한 것보다는 협회를 통하는 게 더 낫다고 말씀하셨고요."

"알겠습니다. 나중에 누가 물어보면 그렇게 대답할게요."

"네, 그럼 푹 쉬시고 내일모레 시상식 날 뵙겠습니다."

"몸이 근질근질했는데 이제 숨 좀 쉬겠네요."

한동안 집에만 틀어박혀 있었던 한정훈은 프로야구 시상식을 기점으로 다시 외부 활동을 시작했다.

대표팀이 프리미어 12에서 우승을 한 덕분에 한정훈을 고깝게 보는 시선은 거의 없다시피 했다.

야구팬들도 어깨 부상을 털고 시상식에 참석한 한정훈을 반겼다.

“그럼. 한정훈이 주인공인데 주인공이 빠지면 쓰나?”

“예상은 했지만 한정훈이 MVP 2연패 확정인가 본데?”

“그야 당연하지. 한정훈 말고 누가 MVP를 받냐? 팀 우승까지 시켰는데.”

“MVP 투표는 포스트시즌 전에 하거든? 뭐 그렇다고 해도 어차피 MVP는 한정훈이지만.”

“진짜 올해는 수상 소감 얼마나 길게 하나 보자.”

“인터뷰 보니까 작년에는 너무 떨려서 수상 소감이 생각이 안 났다며?”

“떨리긴 개뿔. 미국 올스타 상대로 완봉할 뻔한 한정훈이 수상식에서 떨겠냐.”

“하긴, 올해도 상을 싹쓸이할 텐데 매번 수상 소감 바꿔 말하는 게 그냥 귀찮은 거지 뭐.”

야구팬들은 서부 리그 MVP로 한정훈의 2연패를 예견했다.

최준을 비롯한 각 팀의 간판급 용병 타자들이 선전하긴 했지만 압도적인 성적으로 2년 연속 투수 부분 4관왕을 차지한 한정훈의 적수가 되긴 어려웠다.

반면 동부 리그는 의견이 분분했다.

후보에 오른 투수들과 타자들 모두 고만고만한 성적을 냈기 때문이다.

ㄴ동부 리그 시상식은 안 봐도 되니까 서부 리그 시상식 할 때 좀 깨워라.

ㄴ동부 리그 MVP가 누가 되든 솔직히 아웃 오브 안중.

ㄴ코딱지만 한 나라에 동부 서부 갈라야 하냐? 그냥 리그 통합하면 안 돼?

ㄴ진짜 포스트시즌만 아니면 통합 리그가 나을 듯.

ㄴ그래서 협회에서 올해부터 다시 KBO MVP 따로 시상한다고 하잖아.

ㄴ그럼 작년에 한정훈도 소급 적용해야지. 안 그러냐?

ㄴ아마 그럴 가능성이 높을 듯. 작년만 빼고 넘어가는 건 좀 웃기니까.

동부 리그 시상식이 진행되는 동안에도 각종 야구 커뮤니티와 채팅방은 한정훈에 대한 이야기가 끊이질 않았다.

그러다 서부 리그 투수 부분 시상식이 시작되기가 무섭게 마치 정전이라도 난 것처럼 모든 야구 커뮤니티가 조용해졌다.

"서부 리그 평균 자책점 부분 수상자는 스톰즈의 괴물 투수죠. 한정훈 선수입니다!"

호명을 받은 한정훈이 넥타이를 고쳐 매고는 천천히 무대에 올랐다.

그러자 참석한 모든 선수가 꽃다발을 들고 우르르 몰려들었다.

"정훈아. 형이야, 형. 수상 소감 때 형 이름 빼먹으면 알지?"

"작년엔 서운했다, 사랑하는 동생아. 그리고 우리 지윤이 이야기도 한마디 해줘라. 정훈이 삼촌 얼굴 보고 싶다고 난리도 아니다."

꽃다발을 전하면서 선수들은 저마다 청탁(?)을 남발했다.

일부 선수들은 아예 한정훈의 손에 이름이 적힌 쪽지를 넘겨주기까지 했다.

"하아……."

감당할 수 없이 많은 꽃다발을 바닥에 내려놓으며 한정훈이 무겁게 한숨을 내쉬었다.

작년에 이어 올해도 간략하게 소감을 말하고 끝낼 생각이었는데 선수들의 표정을 보니 그냥 넘어갔다간 두고두고 원망할 것 같았다.

"한정훈 선수, 상 받을 게 많이 남았다고 올해도 짧게 끝내고 넘어가려는 건 아니죠?"

사회자도 짓궂게 굴었다.

그러자 시상식에 참가한 팬들이 '길게 해~'를 연호했다.

"우선은 가장 먼저 축하해 준 최준 선배님 감사합니다. 올 시즌에 제가 등판할 때 가장 많은 결승타를 때려주셨어요. 덕분에 좋은 성적 낼 수 있었습니다. 그리고 늘 격려해 주시는 김강현 선배님, 존경하고 사랑합니다……."

한정훈은 일단 눈에 보이는 선수들부터 천천히 열거를 했다.

그리고 나머지 선수들은 다승 부분, 최다 탈삼진 부분, 최고 승률 부분 수상 소감 때 골고루 나눠 언급했다.

그 모습을 지켜보고 있던 기자들은 하나같이 혀를 내둘렀다.

"와, 한정훈 장난 아니다."

"그러게. 어떻게 저렇게 말을 잘하냐?"

"누구야? 한정훈 언론 공포증 있다고 한 게?"

"겹치는 멘트도 하나 없고 시간 배분도 거의 비슷한데?"

"미리 집에서 연습해 온 거 아냐?"

한정훈에게 언급이 될 때마다 자리에 앉은 선수들은 어린 아이처럼 기뻐했다.

사진 기자들은 그런 훈훈한 모습을 카메라에 담기 위해 셔터를 정신없이 눌러댔다.

ㄴ시상식 꿀잼이네.

ㄴ그러게. 다들 한정훈이 친한 척해 주니까 신난 듯.

ㄴ솔직히 나 같아도 기분 좋겠다.

ㄴ맞아. 지난번에 최준이 인터뷰한 거 못 봤냐? 최준 스톰즈로 옮긴다니까 친척들이 전부 전화해서 한정훈 사인받아 달라 그랬다잖아.

ㄴ한정훈도 좋지만 내가 좋아하는 선수가 한정훈에게 인정받으니까 더 기분 좋다.

실시간으로 시상식을 지켜보는 야구팬들도 즐거움을 감추지 못했다.

설마하니 과묵하기로 유명한 한정훈이 시상식을 이렇게 화기애애하게 만들어 놓을 줄은 예상하지 못한 것이다.

"한정훈 선수, 시간 관계상 이제부터는 좀 짧게 소감을 말씀해 주세요."

서부 리그 MVP 발표를 앞두고 사회자가 앓는 소리를 냈다.

한정훈이 참석한 선수들을 전부 챙겨준 덕분에 시상식이 길어진 것이다.

"MVP는 제가 받는 건가요?"

한정훈이 짓궂게 되물었다.

그제야 제 실수를 알아챈 사회자가 다급히 손사래를 쳤다.

"그건 저도 모릅니다. 그냥 개인적으로 한정훈 선수 팬이라서 해본 말입니다. 이거 입이 방정이네요."

만약 동부 리그 MVP 발표 때 이런 실수가 나왔다면 시상식이 한바탕 소란스러워졌을 것이다.

하지만 너무나 뻔한 결과라서일까.

MVP 후보에 오른 다른 선수들조차 웃어넘겨 버렸다.

그리고.

"2019 프로야구 영예의 MVP는…… 축하합니다. 스톰즈의 한정훈 선수!"

이변 없이 한정훈이 서부 리그 MVP로 호명됐다.

"일단 부족한 저를 최우수 선수로 뽑아주신 기자 여러분들께 감사하다는 말씀 전합니다. 그리고 스톰즈 김일도 사장님과 박현수 단장님, 이하 고생하시는 프런트분들에게도 이 자리를 빌어 고맙다는 말씀 드리고 싶습니다."

FD가 계속해서 짧게 해달라는 신호를 보냈지만 한정훈은 작심하고 스톰즈 구단과 코칭스태프, 선수들에게 감사의 마음을 전했다.

시간 관계상 2군 선수들까지 챙기지는 못했지만 한 번이라도 1군에 올라와 뛰었던 선수들은 전부 언급했다.

스톰즈의 우승이 자신 혼자만의 힘으로 이룬 게 아니라는 걸 모두에게 알려주고 싶었기 때문이다.

"그리고 마지막으로……."

"저기 한정훈 선수? 미안합니다. 더 듣고 싶은데 여기까지만 듣겠습니다. 이러다가 날이 새겠어요."

사회자가 한정훈의 소감을 자르자 사방에서 원망의 목소리가 터져 나왔다.

하지만 그것도 잠시.

"그럼 마지막으로 KBO에서 신설한 통합 MVP를 발표하도록 하겠습니다."

사회자가 예정에 없던 마지막 시상을 거론하자 언제 그랬냐는 것처럼 시상식장이 뜨겁게 달아올랐다.

"시상에는 KBO 안해만 사무총장께서 수고해 주시겠습니다."

사회자의 호명을 받은 안해만 사무총장의 등장에 기자석이 잠시 술렁였다.

한정훈의 징계를 주도하다시피 했던 안해만 사무총장이 한정훈을 시상하기 위해 무대에 올랐다는 것 자체가 말이 되지 않았기 때문이다.

"혹시 통합 MVP를 양현중에게 주려는 거 아냐?"

"말이 되는 소리를 해. 그런 미친 짓을 하면 팬들이 가만있을 거 같아?"

"고성운 회장 대신 안해만 사무총장이 나온 이유는 뭐야?"

"와, 이거 동부 리그 MVP 시상식 때보다 더 두근거리는데?"

대부분의 기자는 안해만 사무총장이 한정훈을 엿 먹이기 위해 단상에 오른 것이라고 여겼다.

하지만 정작 MVP로 호명된 건 한정훈이었다.

“2019년 통합 MVP는 모두가 예상하시는 그 선수입니다. 한정훈 선수, 축하합니다.”

안해만 사무총장은 웃으며 한정훈에게 트로피를 건넸다.

그러면서 나직한 목소리로 축하 인사를 건넸다.

“한정훈 선수, 올 시즌도 고생 많았습니다. 내년 시즌에도 멋진 모습 보여주세요.”

“네, 사무총장님. 감사합니다.”

한정훈과 안해만 사무총장이 손을 맞잡은 모습이 수많은 사진 기자의 카메라에 담겼다.

그제야 기자들은 안해만 사무총장이 시상식에 나타난 목적을 알아챘다.

“하……. 정말 여우라니까?”

“이런 식으로 물타기를 하겠다 이거로군?”

“정치인들이 자꾸 협회하고 한정훈 불화설을 언급하니까 똥줄이 탔겠지.”

“한정훈도 부처네. 저걸 받아주고.”

“그럼 이 자리에서 들이받을까? 그냥 더러워도 참는 거지 뭐.”

“그래도 사무총장이 저만큼 했으니까 기사는 잘 뽑아줘야지. 안 그래?”

한정훈이 마지막으로 가족들에 대한 감사의 수상 소감을

말하는 동안 기자들은 정신없이 키보드를 놀려댔다.

안해만 사무총장의 노림수가 뻔히 보였지만 그렇다고 기사를 쓰지 않을 수 없었던 것이다.

[한정훈 2019 통합 MVP! 안해만 사무총장 직접 트로피 건네.]

[안해만 사무총장, 한정훈 통합 MVP 시상!]

[우리 친해요~! 안해만 사무총장과 한정훈의 훈훈했던 시상식 현장.]

[루머에는 진심으로 맞선다! 안해만 사무총장, 한정훈 통합 MVP 직접 시상에 나서.]

시상식이 끝나기가 무섭게 기자들은 안해만 사무총장을 엮어 기사들을 쏟아냈다.

오죽했으면 안해만 사무총장의 이름이 실시간 검색 순위 2위에 오를 정도였다.(1위는 한정훈)

“좋아. 이쯤 하면 됐겠지.”

기사 내용을 살피며 안해만 사무총장이 만족스러운 표정을 지었다.

제 손으로 한정훈에게 상을 준다는 게 껄끄러웠는데 기사들을 읽어보니 나서길 잘했다는 생각이 들었다.

게다가 직접 만나본 한정훈도 생각만큼 건방진 느낌은 아니었다.

오히려 자신을 보며 먼저 고개를 숙이는 모습이 순진해 보이기까지 했다.

"이거 우리 한정훈 선수에게 좋은 에이전시를 소개시켜 줘야지 안 되겠어. 에이전시가 말이야. 선수 욕이나 먹이고 그래서야 되겠어?"

안해만 사무총장은 괜히 베이스 볼 61을 걸고넘어졌다.

베이스 볼 61에서 한정훈을 앞세워 분란을 조장했다고 단정 지은 것이다.

"알아보니까 한정훈 선수와 베이스 볼 61이 얼마 전에 1년 연장 계약을 했다고 합니다."

"하아. 아쉽군, 아쉬워. 내가 조금 더 일찍 한정훈 선수를 만나봤어야 하는데."

"그래도 1년 계약이니까요. 총장님께서 신경 써주시면 한정훈 선수도 고마워할 겁니다."

"그렇겠지? 그럼 조만간 자리 한번 만들어 봐."

"알겠습니다. 그리고 지난번에 말씀하신 드라마 협찬사 쪽에서 이런 게 왔는데요."

"뭔데 그래?"

"홍보용으로 퍼블리시티권을 사용해도 되느냐, 뭐 그런 이야기 같습니다."

퍼블리시티권 이야기가 나오자 안해만 사무총장이 미간을 찌푸렸다.

초상권이라 불리는 그놈의 퍼블리시티권 때문에 한동안 고생했던 게 머릿속에 떠오른 것이다.

"그래서?"

"전화를 해봤더니 저쪽 책임자가 한번 뵙기를 청하던데요."

"누굴? 나를?"

"네, 꼭 총장님을 뵙고 싶다고 어찌나 사정을 하던지 달래느라 혼났습니다."

"흠……. 그래?"

안해만 사무총장이 슬그머니 어깨를 폈다.

사무총장이란 자리에 앉아 있다 보니 이곳저곳에서 만나길 원하는 사람들이 넘쳐났다.

"특별히 문제가 될 만한 자리는 아니겠지?"

"찜찜하시면 거절할까요?"

"아니, 일단 만나서 이야기를 들어보도록 하지. 뭐 문제될 거 같으면 그때 파하면 되는 거니까."

"알겠습니다. 그럼 약속을 잡도록 하겠습니다."

다음 날 저녁, 안해만 사무총장은 문제의 협찬사 책임자와 찐한 저녁 식사 자리를 가졌다.

그리고 그다음 날, 한정훈은 김상엽 팀장과 함께 드라마 촬영장으로 향했다.

"한정훈 선수 매니저 되시죠? 콘셉트에 맞게 의상하고 소품은 이렇게 착용해 주세요."

스태프 하나가 김상엽 팀장에게 정장과 시계, 그리고 선글라스를 가지고 왔다.

"이거 전부 협찬사 쪽 제품인가요?"

"네, 옷은 요청하신 대로 한정훈 선수 치수에 맞췄으니까 불편하진 않을 거예요."

"알겠습니다."

김상엽 팀장은 한 번 더 꼼꼼하게 의상과 소품을 살폈다.

그리고 별문제가 없다는 걸 확인한 뒤에 한정훈에게 전해 주었다.

"나쁘진 않네요."

의상을 갈아입고 나온 한정훈이 멋쩍게 웃었다.

재킷과 바지가 살짝 껴서 불편하긴 했지만 막상 배우처럼 차려입고 거울 앞에 서니 전혀 다른 사람이 된 것 같은 착각이 들었다.

"정말 잘 어울리십니다. 이거 야구 그만두시고 배우하셔도 될 거 같은데요?"

김상엽 팀장도 만족스러운 얼굴로 고개를 끄덕거렸다.

이틀 전 시상식 때도 정장을 입었지만 전문 스태프들의 손길이 닿아서인지 그때보다 훨씬 더 세련된 느낌이 들었다.

"그럼 저는 이쪽에서 대기하고 있을 테니까 필요한 게 있으시면 언제든지 신호를 주세요."

"네, 그럼 저는 촬영하고 오겠습니다."

타이트한 바지가 터질세라 한정훈이 조심스럽게 촬영 공간 안으로 들어갔다.

그러자 감독이 환하게 웃으며 한정훈에게 다가왔다.

"한정훈 선수, 컨디션 괜찮죠?"

"네, 나쁘지 않습니다."

"슈트발이 좋네요. 생각했던 것보다 훨씬 멋있습니다."

"말씀만으로도 감사합니다."

"참, 촬영은 금방 끝날 겁니다. 혹시 대사가 틀려도 신경 쓰지 말고 편하게 아무렇게나 막 이야기하세요. 특별히 어색하지 않으면 살릴게요. 뭐 정 안 되면 나중에 별도로 멘트만 입혀도 되니까요."

감독이 한정훈의 부담감을 덜어주듯 말했다.

만약 신인 연기자가 대사를 틀리거나 씹는다면 결코 가만있지 않았겠지만 장차 메이저리거가 될 한정훈에게 배우만큼의 디테일한 연기를 요구할 수는 없는 노릇이었다.

"틀리지 않도록 노력하겠습니다."

한정훈의 얼굴이 한결 가벼워졌다.

그렇지 않아도 대사가 입에 붙지 않아 걱정이었는데 이제 좀 숨을 쉴 수 있을 것 같았다.

"그렇다고 너무 애드리브 치시면 안 돼요. 아셨죠?"

"넵, 명심하겠습니다."

"그럼 제가 다시 한 번 설명해 드릴게요."

감독은 직접 시범까지 보이며 한정훈을 디렉팅했다.

베이스 볼 61에서 허락한 촬영 시간이 준비 시간을 포함해 최대 3시간이었기 때문에 가급적이면 NG 없이 촬영해야 하는 상황이었다.

"그러니까 연정 씨가 키스를 하려고 하면 살짝 고개를 돌리고 가볍게 포옹을 하라는 말이죠?"

"그렇다고 티 나게 너무 확 돌리시면 안 되고요."

"네, 알겠습니다."

"그리고 이 장면은 몇 차례 끊어서 갈 거니까 너무 긴장하지 마세요."

"아, 네. 다행이네요."

감독은 한정훈을 위해 매 장면 장면을 잘라 촬영했다.

덕분에 한정훈도 별다른 NG 없이 호텔 로비에서의 첫 촬영을 끝낼 수 있었다.

"자, 다음 신 촬영을 위해 이동하겠습니다."

삼십여 분 만에 첫 촬영이 끝나고 스태프들은 전부 엘리베이터를 타고 이동했다.

두 번째 신은 호텔 VIP룸에서 이루어졌다.

본래는 스위트룸을 협찬받기로 되어 있었으나 한정훈 선수가 출연한다는 소식에 호텔 측에서 VIP룸을 내준 것이다.

"와우, 여기가 카이트 호텔 VIP룸이야?"

"놀라지 마라. 여기 하루 숙박비만 600만 원이래!"

"진짜 촬영 끝나고 여기서 한 시간, 아니, 삼십분 만 쉬었다 가도 소원이 없겠다."

"내 말이. 나는 언제 내 돈 주고 이런 데 와보나."

스태프들은 영화에서나 볼 법한 VIP룸을 구경하느라 정신이 없었다.

하지만 정작 한정훈은 그럴 여유가 없었다.

"속옷은 이것으로 갈아입어주시고요. 가운은 이걸 입어주세요."

"소, 속옷이요? 원래 반바지 아니었습니까?"

"초안은 반바지였는데 섹시하지가 않다고 해서요."

"허……."

"왜요? 혹시 한정훈 선수가 평소에 속옷을 안 입으시나요?"

"아, 아뇨. 그게 아니라…… 굳이 속옷까지 갈아입어야 하나 해서요."

"속옷도 협찬이라서요."

"하아……."

"그리고 시계는 꼭 착용하셔야 하고요."

"속옷 차림에 시계를요?"

"불편하시겠지만……."

"그것도 협찬이란 말이죠? 알겠습니다."

김상엽 팀장이 난감한 얼굴로 한정훈에게 촬영 의상을 설명했다.

그러자 한정훈도 당혹감을 감추지 못했다.

한두 사람도 아니고 수많은 촬영 스태프 앞에서 속옷만 입고 있어야 한다는 사실에 얼굴이 화끈거린 것이다.

"아이고. 한정훈 선수, 내가 설명을 미처 못 했습니다."

뒤늦게 달려온 감독이 미안함을 전했다.

출연 계약상 콘셉트 변경은 사전에 상의하기로 되어 있었지만 갑작스럽게 결정된 사안이라는 핑계로 얼버무리려 한 것이다.

"이런 식이면 협조해 드리기 곤란합니다."

감독의 능구렁이 같은 속내를 알아챈 김상엽 팀장이 눈매를 굳혔다.

하지만 한정훈은 이내 괜찮다며 웃어 보였다.

자신 때문에 VIP룸까지 협찬받았는데 이제 와 촬영을 거부하기란 쉽지 않았다.

"한정훈 선수, 정말 고맙습니다. 내 이 은혜 언제고 꼭 갚도록 하겠습니다."

감독이 입에 발린 말을 늘어놓고 냉큼 자리를 피했다.

그리고 잠시 화장실에 들어갔던 한정훈은 속옷 차림에 가운만 입은 채로 밖으로 나왔다.

'하아, 이럴 줄 알았으면 아침을 굶는 건데.'

스태프들의 시선이 몰려들자 한정훈은 가운으로 냉큼 배를 가렸다.

탄탄한 식스팩이 자리 잡고 있긴 했지만 아침을 든든히 먹은 덕분에 평소보다 제법 볼록 튀어나와 있었다.

하지만 정작 스태프들은 가운 사이로 보이는 한정훈의 탄탄한 근육에 감탄하느라 정신이 없었다.

"와우, 한정훈 몸 좋은데?"

"그러게 말야. 야구 선수들은 하나같이 배 나온 줄 알았는데."

"저러니까 그 정도 성적을 내는 거지."

"하긴, 평소 얼마나 훈련하겠어? 진짜 저 근육들만 봐도 답이 나오네."

남자 스태프들은 하나같이 혀를 내둘렀다. 여자 스태프들은 한정훈의 몸을 카메라로 찍지 못한다는 사실에 발을 동동 굴렀다.

그사이 세팅이 끝나고 촬영이 시작됐다.

순서대로라면 여자 주인공인 김연정이 호텔 복도를 타고 걸어오는 장면을 먼저 찍어야 했지만 바쁜 한정훈을 위해 곧바로 김연정과 한정훈이 만나는 장면부터 촬영이 시작됐다.

"한정훈 선수, 너무 거칠게 말고요. 적당히 거친 숨소리 부탁해요. 그리고 정말로 땀을 흘리면 불편하실 테니까 물로 대체할게요."

분장팀이 들러붙어 한정훈의 몸을 촉촉하게 적셨다.

거기에 감독의 주문대로 조금 거친 호흡이 더해지자 꼭 방 안에서 격정적인 정사를 벌이고 나온 것 같은 모습이 되어버렸다.

"오케이! 좋습니다. 이걸로 가죠."

감독도 한 번에 오케이 사인을 냈다.

그리고 마지막으로 한정훈이 호텔 안에서 홀로 근력 운동을 하는 장면을 찍고는 촬영을 마쳤다.

"수고하셨습니다, 한정훈 선수. 편집이 끝나면 먼저 보여드릴게요."

"네, 감독님도 수고 많으셨습니다."

"그럼 저는 바빠서 먼저 가 보겠습니다. 그리고 괜찮으시면 주변에 저희 드라마 홍보 좀 해주세요."

"아, 네. 노력해 보겠습니다."

생에 첫 드라마 촬영을 마친 한정훈은 이틀을 푹 쉬고 제주도로 향했다.

작년에 이어 정한그룹 계열사들의 광고를 촬영하기 위해서였다.

56장

누굴 호구로 보나(2)

한정훈이 2년 연속 MVP를 수상하면서 오른 건 연봉만이 아니었다.

광고 출연료도 대폭 상승했다.

그러나 정한그룹 계열사 중 누구도 한정훈의 출연료에 불만을 갖지 않았다.

작년 한정훈을 광고 모델로 내세우며 거둔 이익이 상당했기 때문이다.

덕분에 올해는 추가로 2개 계열사에서 한정훈을 광고 모델로 쓰고 싶다는 뜻을 밝혔다.

거기에 스톰즈 구단의 홍보 영상까지 더해지면서 한정훈은 7박 8일의 일정 동안 6편의 광고를 촬영해야 하는 빽빽한

스케줄에 들어갔다.

하지만 정작 광고 촬영은 작년만큼이나 수월했다.

한정훈이라는 이미지만으로도 광고 효과가 충분하다 보니 광고 대행사 측에서도 굳이 한정훈에게 불필요한 연기를 요구하지 않았다.

그렇게 모든 촬영이 순조롭게 끝나갈 무렵, 엉뚱한 곳에서 일이 터졌다.

"팀장님, 이것 좀 보세요."

"뭔데 그래?"

"그게…… 한번 보셔야 할 거 같아요."

한정훈을 따라 제주도까지 왔던 김상엽 팀장에게 팀원 하나가 핸드폰을 내밀었다.

핸드폰 화면 구석에는 한정훈 동영상이라는 소름 돋는 검색어가 최상단에 올라 있었다.

"이, 이게 뭐야?"

김상엽 팀장이 눈을 부릅떴다.

만에 하나 이 동영상이 정말로 그렇고 그런 동영상이라면!

한정훈의 사생활을 떠나 사전에 일을 막지 못한 전담 매니저팀 자체가 공중 분해될지 몰랐다.

하지만 다행히도 문제의 동영상은 섹스 동영상 같은 게 아니었다.

한정훈의 드라마 촬영 장면을 짜깁기해 만든 홍보 영상이었다.

문제는 한정훈이 해당 제품과 광고 모델 계약을 체결한 적이 없다는 것이다.

"지난번에 갑자기 반바지가 속옷으로 바뀐다고 했을 때부터 수상쩍었는데 이 회사 측에서 로비를 한 모양이에요. 방송국에서도 협찬사에서 돈을 더 주겠다니까 냉큼 콘셉트를 바꾼 거고요."

"젠장할! 그래서, 방송국에서는 뭐래?"

"그게 자세한 사실을 알아보고 있다고 얼버무리는데…… 대충 넘어가려는 눈치예요. 내일모레가 첫 방이니까 오히려 홍보에 도움이 된다고 판단하나 봐요."

"그게 무슨 말 같잖은 소리야!"

김상엽 팀장이 자리에서 벌떡 일어났다.

바로 그 순간, 박찬영 대표로부터 전화가 걸려왔다.

"네, 대표팀. 네, 영상 확인했습니다. 네, 네. 알겠습니다. 지금 바로 올라가도록 하겠습니다."

김상엽 팀장은 뒷일은 직원들에게 맡긴 채 곧바로 서울행 비행기에 올라탔다.

그리고 베이스 볼 61에 들어가 박찬영 대표와 대책 마련에 나섰다.

"알아보니까 로맨슨에서 계획적으로 일을 벌인 모양입니다. 항의 공문을 보냈는데 협회 측에 퍼블리시티권 사용 허가를 받았다는 답이 왔어요."

"협회에 허락을 받았다고요? 에이전시가 따로 있는데 협회에서 허락을 해준다는 게 가능한 일입니까?"

김상엽 팀장이 어처구니없다는 표정을 지었다.

한정훈의 에이전시가 베이스 볼 61이라는 건 인터넷 검색만 해봐도 나오는 사실인데 협회에 허락을 받는다는 것 자체가 상식적으로 말이 되지 않았다.

그러자 박찬영 대표가 무겁게 한숨을 내쉬었다.

"3년 전쯤에 협회하고 선수협하고 대판 싸우지 않았습니까. 그러면서 연봉 1억 이하의 선수들은 협회 산하 기구에서 다시 퍼블리시티권을 일괄 관리하기로 했습니다. 거기에 한정훈 선수도 잠시 포함되어 있었고요."

야구 선수들의 퍼블리시티권은 본래 협회에서 관리를 해왔다.

하지만 퍼블리시티권을 둘러싸고 협회 고위 임원들의 횡령 문제가 불거지면서 퍼블리시티권은 다시 선수협 쪽으로 넘어갔다.

그러나 선수협도 퍼블리시티권을 제대로 관리하지 못했다.

인기 있는 선수들 위주로 퍼블리시티권을 행사하는 게 문제로 지목되면서 아예 퍼블리시티권을 전담하는 기구를 만들자는 논의가 흘러나왔다.

당초 최우선 대안은 퍼블리시티권만 관리하는 별도 기구를 만들자는 것이었다.

하지만 금전적인 문제와 인력적인 문제로 불발이 되었다.

퍼블리시티권을 둘러싼 반년간의 난상 토론 끝에 협회와 선수협은 힘을 합치기로 결정을 내렸다.

선수협에서 모든 선수의 퍼블리시티권을 제대로 관리할 시스템을 만들 때까지 퍼블리시티권을 행사하기 어려운 처지의 선수들은 협회가 일괄 관리하고 차등적인 퍼블리시티권 행사를 원하는 선수들은 선수협에서 별도 관리하기로 한 것이다.

그 과정에서 한정훈의 퍼블리시티권이 잠시 협회에 묶인 적이 있었다.

당장 에이전시를 선임하기 어려운 신인들이 일괄적으로 협회에 퍼블리시티권을 일임하다 보니 한정훈의 것도 따라 넘어온 것이다.

뒤늦게 박찬영 대표가 에이전시 계약을 앞세워 퍼블리시티 권한을 찾아오긴 했지만 전산 처리가 완벽하지 않았다.

그때 전산상에 올라왔던 한정훈이라는 이름이 아직까지도 남아 있었던 것이다.

그걸 본 협회 관계자들은 퍼블리시티 권한이 협회에 남아 있는 것이라고 착각했다.

그래서 베이스볼 61을 대신해 해당 업체에 퍼블리시티권 사용을 허락한 것이다.

"하아, 진짜 협회는 도움이 안 되네요. 무슨 일 처리를 이따위로 한답니까?"

전후 사정을 전해 들은 김상엽 팀장이 언성을 높였다.

하지만 박찬영 대표는 김상엽 팀장처럼 열을 낼 수가 없었다.

앞서 한정훈의 조기 귀국 문제로 협회와 부딪쳤다가 한정훈에게 피해가 간 게 머릿속에서 떠나지 않은 것이다.

하지만 이건 쉬쉬한다고 해결될 문제가 아니었다.

"일단 협회 측에서 어떤 계약을 했는지부터 확인할 필요가 있을 것 같습니다. 그리고 방송사 측에도 로맨스과 어떤 협찬 계약을 했는지 알아보겠습니다."

김상엽 팀장이 자리에서 일어났다.

다른 일이었다면 박찬영 대표의 지시를 받고 움직였겠지만 이번 일은 달랐다.

이런 건 박찬영 대표보다 연예계에 오래 몸담고 있었던 김상엽 팀장이 더 빠삭했다.

박찬영 대표가 입사한 지 얼마 되지 않은 김상엽을 팀장 자리에 앉힌 것도 이런 변수에 대비하기 위해서였다.

"나도 선수협 측과 이야기를 해보겠습니다."

박찬영 대표도 뒤따라 자리에서 일어났다. 그러자 김상엽 팀장이 다급히 고개를 저었다.

"일단은 제가 알아본 다음에 대응하시는 게 좋을 것 같습니다. 어쩌면 잘 해결될 방법이 있을지도 모르니까요."

"후우, 알겠습니다. 김 팀장만 믿겠습니다."

박찬영 대표를 애써 안심시킨 뒤 김상엽 팀장은 먼저 방송국부터 찾아갔다.

그리고 퍼블리시티권 침해에 따른 손해배상은 물론이고 해당 촬영분을 사용하지 못하게 하겠다고 으름장을 놓아 협찬 계약서 원본을 손에 넣었다.

해당 계약서에는 드라마 장면을 사용할 수 있는 풋티지 사용권이 포함되어 있었다.

하지만 다행히도 드라마 캡쳐 장면이나 현장 시안 등을 사용할 시에 방송국의 허락을 받아야 한다는 조항이 덧붙여져 있었다.

"방송국에서 한정훈 선수 장면을 사용하게끔 허락한 사실이 있습니까?"

계약 내용을 확인한 김상엽 팀장이 날 선 목소리로 물었다.

그러자 방송국 관계자는 그런 사실이 없다며 손사래를 쳤다.

"일단 알겠습니다. 저희도 방송사와 척을 지고 싶은 생각은 없습니다. 대신 이번 일에 대한 입장을 확실히 정리해 주시기 바랍니다."

방송사 관계자를 구슬리는 데 성공한 김상엽 팀장은 뒤이어 협회를 방문했다.

"우리도 속은 겁니다. 저쪽에서 그런 걸 만들어서 인터넷에 올릴 줄은 몰랐습니다."

일찌감치 자리를 피한 안해만 사무총장을 대신해 김대식 사무처장이 앓는 소리를 해댔다.

그러면서 해당 업체와 맺었던 퍼블리시티권 사용 허가 계약서를 공개했다.

해당 계약서에는 3개월간 드라마의 풋티지 사용권에 한해 한정훈의 퍼블리시티권 사용을 허락한다는 내용이 명시되어 있었다.

그 대가로 협회는 약 2천만 원 상당의 야구 발전 후원금을 받기로 했다.

"아니, 에이전시가 따로 있는데 이걸 이렇게 허락해 주시면 어떻게 합니까?"

"저쪽에서 그저 형식적인 절차일 뿐이라고만 말했습니다. 이미 모든 계약이나 광고료는 방송국을 통해 지불이 끝났다고요. 거기다 야구 발전 후원금도 내겠다고 하니까 한정훈 선수에게도 도움이 되겠다 싶어서 허락한 겁니다. 정말입니다."

김대식 사무처장이 옹색한 변명을 늘어놓았다.

그렇다고 안해만 사무총장과 함께 호사로운 접대를 받았

다는 사실을 털어놓을 수는 없는 노릇이었다.

하지만 연예계의 밑바닥에서부터 시작한 김상엽 팀장이 로맨스과 협회의 은밀한 커넥션을 모를 리 없었다.

'보아하니 단단히 받아 처드신 모양인데 협회와 좋게 가는 건 어렵겠어.'

김상엽 팀장이 넥타이 끈을 느슨하게 풀었다. 그리고 김대식 사무처장을 똑바로 바라보며 말했다.

"어쨌든 이번 일은 그냥 넘어가기가 어려울 것 같습니다."

"김 팀장, 그러지 말고 대화로 해결합시다. 내 김 팀장이 오기 전에 로맨스 관계자하고 이야기를 해봤는데 가격만 맞는다면 한정훈 선수와 전속 모델 계약을 맺을 의향도 있다고 합니다."

김대식 사무처장이 슬그머니 거래를 제안했다.

이번 일을 덮기만 한다면 협회가 책임지고 한정훈의 광고를 체결해 줄 의향이 있었다.

그러나 광고 시장에서 특급 대우를 받고 있는 한정훈의 몸값을 감당할 만큼 로맨스은 대단한 회사가 아니었다.

거기에 가격까지 상당 부분 양보해야 한다면 한정훈이 로맨스의 제안을 받아줄 이유가 없었다.

"그건 들을 가치도 없는 이야기입니다. 처음에는 만만하게 보고 편법을 써놓고 이제 와서 일이 커질 것 같으니 전속 계약으로 퉁 치자는 거 아닙니까?"

"그럼 이제 와서 뭘 어떻게 하자는 말입니까? 이보세요, 김 팀장. 당신도 야구 밥 먹고 있으면 협회 입장도 고려해 줘야 할 거 아닙니까?"

비장의 카드도 통하지 않자 김대식 사무처장이 강짜를 부렸다.

선수협이 등장하면서 협회의 입김이 예전만 못해진 건 사실이지만 여전히 에이전시 하나 정도는 매장시킬 힘이 있었다.

그러자 김상엽 팀장도 지지 않고 언성을 높였다.

"허! 협회가 선수의 입장을 고려해 주셨어야죠. 약자인 선수더러 협회 입장을 이해하라고 강요하는 게 말이 된다고 보십니까?"

"이봐요, 김 팀장! 내가 지금 당신하고 이렇게 앉아 있다고 내가 우스워 보입니까? 내가 누군 줄 몰라요?"

"잘 알고 있습니다. 김대식 사무처장님."

"이익! 당신 이러고도 무사할 거 같아? 아니, 내가 한정훈이를 가만 놔둘 거 같아?"

"그렇게 나오실 줄 알고 그 말씀까지 아주 잘 녹음해 놓았습니다. 그러니 어디 마음대로 해보시죠."

김상엽 팀장이 기다렸다는 듯이 몸을 일으켰다.

그 순간.

"기, 김 팀장! 우리 말로 합시다!"

김대식 사무처장이 다급히 김상엽 팀장의 팔을 붙들었다.

설마하니 김상엽 팀장이 몰래 녹취를 하리라고는 생각지 못한 얼굴이었다.

하지만 김상엽 팀장은 협회와 더 이상 할 말이 없었다.

“앞으로 무슨 일이 벌어지더라도 오늘 이 자리에 있었던 대화가 밖으로 유출되는 일이 없기를 진심으로 바랍니다.”

김상엽 팀장은 정중하게 김대식 사무처장의 팔을 뿌리쳤다.

그리고 박찬영 대표에게 녹취된 내용을 들려주었다.

“들으셔서 아시겠지만 협회의 사정을 봐주기는 힘들 것 같습니다. 협회와 척을 지더라도 이번 일은 강경 대응하시는 게 최선이라고 생각합니다.”

김상엽 팀장이 결연한 목소리로 말했다.

다른 걸 다 떠나 문제의 동영상으로 인해 한정훈의 이미지가 훼손되고 있다는 게 가장 큰 문제였다.

로맨스에서 드라마 속 일부 장면만을 따내어 편집하면서 한정훈에게 퇴폐적인 이미지를 덧씌웠다.

야구에 미쳐 아직까지 제대로 된 연애 한 번 해보지 못한 불쌍한 청년에게 말이다.

적어도 같은 남자로서 김상엽 팀장은 로맨스의 치졸함이 용서가 되질 않았다.

"하아, 그렇게 합시다."

박찬영 대표도 이내 결심을 굳혔다. 그리고 협회와의 전면전에 대비해 판을 키우기로 마음먹었다.

"한정훈 선수의 초상권을 제멋대로 팔아넘겼다니요! 협회가 미치지 않고서야 어떻게 그럴 수 있단 말입니까?"

가장 먼저 발끈한 것은 선수협.

그렇지 않아도 협회가 한정훈을 괴롭히는 동안 방관만 하고 있었다는 야구팬들의 비난이 적잖았던 터라 기다렸다는 듯이 목소리를 높였다.

정한그룹도 기업 차원의 조치에 나섰다.

"정한 유통에서는 부도덕한 기업의 제품이 시장을 통해 유통되는 걸 간과하지 않겠습니다."

JH 몰과 JH 쇼핑, JH 백화점 등 정한 유통이 관리하는 유통 라인에서 로맨슨의 퇴출을 선언한 것이다.

발등에 불이 떨어진 로맨슨은 협회를 걸고넘어졌다.

그러나 김상엽 팀장에게 약점을 잡힌 협회가 할 수 있는 건 아무것도 없었다.

"모든 일에 책임을 지고 물러나겠습니다."

결국 협회에서는 이번 일에 연루된 안해만 사무총장과 김대식 사무처장에게 책임을 묻고 옷을 벗겨 버렸다.

그리고 한정훈의 퍼블리시티권 불법 사용에 관한 문제는 법정으로 옮겨졌다.

"한정훈 파워 장난 아니다."

"인과응보지. 협회 임원들이 선수 팔아서 뒷돈 챙기는 게 하루 이틀이냐?"

"협회도 협회지만 로맨스 주식 봐라. 완전 휴지조각 되게 생겼다."

"이러다 로맨스 대주주들이 한정훈한테 피해 보상하라고 소송하는 거 아닌가 모르겠다."

"하아, 한정훈 올해 성적은 별로겠는데."

"아무리 강철 멘탈이어도 성적 기대하는 건 무리지."

"이제 스물 하나인데 솔직히 집중이 되겠냐?"

일부 야구팬들은 이번 일로 인해 한정훈의 경기력에 문제가 생길 것을 우려했다.

하지만 스프링 캠프를 통해 착실하게 몸을 만든 한정훈은 2020시즌에도 펄펄 날아다녔다.

4월에 개막전 완봉승을 시작으로 5경기에 출전해 전승.

5월에 6경기에 선발 등판해 전승.

6월에 5경기에 선발 등판해 전승.

7월 올스타 브레이크 전까지 2승을 추가하며 18승으로 KBO 최초 투수 MVP 3연패를 정조준했다.

이 같은 한정훈의 맹활약에 협회에서도 일찌감치 한정훈을 대표팀에 승선시켰다.

김인선 감독도 올림픽 대표팀의 에이스는 한정훈이라는

사실을 분명하게 했다.

다소 어수선한 분위기 속에 올스타전이 열렸다.

한정훈은 2년 연속 최다 득표를 받으며 당당하게 마운드에 올랐다.

올스타전 이후 프로야구는 올림픽 브레이크를 맞아 2주간의 휴식기에 들어갔다.

그리고 한정훈과 대표팀 선수들은 올림픽 2연패를 위해 도쿄행 비행기에 몸을 실었다.

57장
도쿄 올림픽(1)

1

한정훈의 퍼블리시티권 문제로 촉발된 협회 물갈이는 2020시즌 중반까지 이어졌다.

그 과정에서 안해만 전 사무총장 세력은 대부분 축출이 되었다.

세력의 중심이었던 안해만 전 사무총장에 이어 김대식 전 사무처장까지 옷을 벗은 상황에서 매섭게 불어 닥친 칼바람을 피하기 어려웠던 것이다.

"이번 올림픽에서 좋은 성적을 거두는 게 중요합니다."

"맞습니다. 꼭 우승을 해서 국민들의 신뢰를 회복해야 합니다."

새롭게 재정비한 협회는 올림픽 2연패를 최우선 과제로 삼았다.

그리고 일찌감치 최정예 엔트리로 올림픽에 임해야 한다는 데 뜻을 모았다.

"이름값보다는 실력을 우선으로 하겠습니다."

김인선 감독이 협회를 대신해 선수 선발 원칙을 밝혔다.

일부에서는 12년 만에 열린 올림픽 야구가 아시안 게임처럼 병역 문제를 해결하기 위한 대회로 변질될 가능성이 높다며 우려의 목소리를 냈지만 협회의 원칙은 달라지지 않았다.

한국 대표팀의 주축 선수 대부분이 서른을 넘긴 상황이었다.

경험도 중요하지만 실력이 뒷받침되지 않은 선수를 무리해서 올림픽에 참여시킬 수는 없다는 의견이 지배적이었다.

자연스럽게 프리미어 12에 참여했던 선수 상당수가 논란의 대상에 올랐다.

"이영규 선수는 올해로 서른여섯이네요. 이번 올림픽에서 제외시키는 게 좋을 것 같습니다."

"이영규 선수를 빼자니요. 지금 제정신으로 하는 이야기입니까?"

"올 시즌 이영규 선수의 성적을 보세요. 타율만 3할 3푼입니다. 적지 않은 나이에 도루도 15개나 기록했고요."

"팀에서도 테이블 세터로 활약하고 있는데 나이 때문에 배제하자는 건 말이 되지 않습니다."

"이영규 선수가 좋은 활약을 펼치고 있다는 것은 저도 인정합니다. 이영규 선수 본인 역시 올림픽 출전 의지가 강하다는 것도 알고 있고 지금까지 국가대표로서 헌신해 왔다는 점도 충분히 고맙게 생각하고 있습니다. 하지만 작년부터 기량이 점점 하락세로 접어들고 있다는 사실은 인정해야 하지 않겠습니까?"

"제 생각도 비슷합니다. 이영규 선수는 정말 좋은 선수지만 나이 때문인지 패스트볼에 대한 타격 능력이 점점 떨어지고 있습니다."

안해만 전 사무총장 세력을 밀어내고 새롭게 협회에 합류한 전문가들은 데이터를 기반으로 선수 옥석 가리기에 나섰다.

기존의 전문가들이 국가대표로서의 경험과 노련함을 강조했지만 눈에 확연히 드러나는 데이터를 이기기란 쉽지 않았다.

"나이를 떠나 이대오 선수는 꼭 포함시켜야 합니다. 이대오 선수가 타선에서 중심을 잡아줘야만 합니다."

"이대오 선수는 내년이면 우리 나이로 마흔입니다. 어렵게 메이저리그에 자리 잡은 선수를 대표팀에 차출한다는 건 팀에게도 선수에게도 마이너스입니다."

"그럼 추신우도 빼자는 말입니까?"

"추신우 선수는 올 시즌에도 발목 때문에 고생하고 있지 않습니까?"

"그거야 고질병인 거고요. 그럼 박병훈도 강준호도 다 빼고 갑시다. 그럼 되는 겁니까?"

"왜들 그렇게 감정적이십니까? 박병훈 선수는 트윈스에 협조 요청을 해서라도 데려와야죠. 강준호 선수도 마찬가지고요."

"허……! 대체 무슨 기준으로 이대오와 추신우는 안 되고 박병훈과 강준호는 된다는 겁니까?"

기존 전문가와 신규 전문가들의 입씨름은 메이저리거들을 선별하는 과정에서도 이루어졌다.

가급적이면 모든 메이저리거를 총동원해야 한다는 기존 전문가들과는 달리 신규 전문가들은 중복 자원을 최대한 피하며 최고의 효율을 내야 한다고 주장했다.

덕분에 메이저리그에서 활약하고 있는 선수 중 절반 이상이 1차 엔트리조차 통과하지 못하는 굴욕을 맞아야 했다.

기존의 대표팀 선수들을 대신해 젊고 실력 있는 선수들을 선발하는 과정은 더욱 어려웠다.

대부분의 전문가는 자신과 관련 있는 팀의 선수를 한 명이라도 더 엔트리에 집어넣으려고 안간힘을 썼다.

올 시즌 들어 갑자기 두각을 드러낸 선수가 많다 보니 하나의 포지션을 정리하는 데 거의 한나절이 소요가 됐다.

이런 진통 속에도 대표팀의 에이스 자리만큼은 이견 없이 일찌감치 정해져 있었다.

"우리 다른 건 몰라도 한정훈 선수 가지고는 싸우지 맙시다."

"한정훈 선수가 대표팀에 합류하지 않겠다고 해도 보쌈해서 데려가야 하는 처지에 그럴 리가 있겠습니까."

"이름값을 떠나 올 시즌 성적만 놓고 봐도 대표팀 승선은 아무 문제가 없는 거죠?"

"저희는 이미 한정훈 선수를 논외 대상으로 정했습니다. 솔직히 말씀드려서…… 한정훈 선수를 기준점으로 삼으면 대표팀에 합류시킬 만한 투수가 없는 실정입니다."

기존 전문가들과 신규 전문가들은 각자 자신들의 기준점으로 국가대표 투수들을 선별했다.

기존 전문가들은 국제 대회 경험을 최우선으로 꼽았다.

국내에서 아무리 좋은 공을 던지던 투수라 하더라도 국제무대에서 얼어붙는 경우가 많다는 것이었다.

그러면서도 선발투수일 경우 3년간 최소 30승 이상, 평균자책점 4.50 이하, 패스트볼 최고 구속 145㎞/h 이상을 커트라인으로 삼았다.

반면 신규 전문가들은 패스트볼의 평균 구속이 145㎞/h 이상이 되어야 한다고 말했다.

또한 탈삼진 능력도 높이 평가했다.

설사 꾸준한 성적을 올리지 못했더라도 이 두 가지 조건을 충족시키는 젊은 선수들은 전부 후보 명단에 집어넣었다.

이 같은 양측의 기준점을 모두 부합하는 투수는 리그에서도 고작 3명뿐이었다.

국가대표로 활약했던 투수들은 평균 구속에 걸렸다.

힘 있고 빠른 공을 던지며 인기몰이 중인 젊은 투수들은 꾸준한 성적을 내지 못했다.

안양 스톰즈 한정훈(21)

광주 타이거즈 양현중(33)

인천 와이번스 김강현(33)

이들 세 명 중 에이스를 선택해야 한다면 당연히 한정훈일 수밖에 없었다.

"양현중 선수와 김강현 선수도 꾸준한 활약을 펼쳐 주고 있긴 하지만 역시 한정훈 선수를 중심으로 마운드 운영을 가져가는 게 최선이라고 생각합니다."

선수 선발 위원회는 만장일치로 한정훈의 대표팀 승선을 확정시켰다.

그 소식이 언론을 통해 곧장 일본으로 전해졌다.

"한국에서 한정훈이 나온다면 오타니 쇼헤를 꼭 데려와야 합니다."

"하리모토 쇼타도 좋은 투수지만 한정훈을 이길 수 있는 투수는 오타니 쇼헤뿐입니다."

일본 협회는 일찌감치 매리너스 구단에 협조 공문을 넣어 올림픽 기간 중에 오타니 쇼헤가 대표팀에서 뛸 수 있게 해달라고 요청했다.

야구의 올림픽 생존을 놓고 메이저리그 사무국에서도 선수 차출에 적극 협조하기로 약속을 한 터라 매리너스 구단은 마지못해 에이스의 차출을 허락할 수밖에 없었다.

한국의 한정훈.

일본의 오타니 쇼헤.

한일 양국을 대표하는 최고의 투수가 올림픽 무대에 오르자 미국 내부에서도 우승을 위해 최정예 멤버들을 구성해야 한다는 목소리가 높았다.

"어쩌면 올림픽에서 야구를 보는 게 이번이 마지막일지도 모르잖아?"

"다른 나라들은 메이저리거들을 총동원해서 전력을 강화하는데 미국도 가만있을 수는 없어!"

"올림픽 기간 중에 리그를 잠시 중단하더라도 올림픽 금메달을 꼭 따와야만 해! 미국이 다른 종목도 아니고 야구에서 우승을 못 한다는 건 수치라고."

"맞아. 만에 하나 이번에 일본에 우승을 빼앗기기라도 한다면 야구라는 스포츠의 주도권까지 함께 넘어갈지 몰라."

미국 야구팬들은 이번 올림픽을 통해 미국 야구의 자존심을 세워야 한다고 말했다.

그러나 정작 메이저리그 사무국은 메이저리그 올스타팀을 만들어야 한다는 여론에 부정적인 입장이었다.

"올림픽이 뭐 그렇게 대단한 무대라고 호들갑을 떠는지 모르겠습니다."

"맞습니다. 올림픽에서 우승한들 얻을 수 있는 게 뭡니까? 그깟 금메달? 야구는 프로 스포츠입니다. 국가대표 선수들에게 제대로 된 포상금조차 줄 수 없는데 누가 일본까지 가려 하겠습니까?"

당초 메이저리그 사무국은 올림픽에 적극적으로 협조하겠다는 뜻을 밝혔다.

예선은 어렵지만 본선 무대에서는 메이저리그 선수들의 참가를 보장하겠다는 당초 제안을 넘어서 각국의 선수 차출을 반대하지 않겠다고 공표하기까지 했다.

하지만 막상 올림픽 시즌이 되자 메이저리그 사무국도 각 구단의 눈치를 볼 수밖에 없었다.

올림픽이 치러지는 기간에도 시즌은 진행되기 때문에 강압적으로 차출을 강제하지 못하는 것이다.

팬들의 호명을 받은 슈퍼스타들조차 올림픽 참가에 대해

별다른 열의를 보이지 않았다.

"올림픽 출전할 거야?"

"미쳤어? 시즌 중에 일본을 갔다 오라고?"

"그렇지? 확실히 그건 좀 미친 짓이겠지?"

"당연하지. 올림픽 기간 동안 까먹을 성적을 생각해 봐. 우승해서 포상금을 받아도 만회가 되지 않을걸?"

결국 메이저리그 사무국과 선수들의 비협조 속에 미국 대표팀은 여느 때와 다름없는 마이너리그 중심으로 대표팀을 구성할 수밖에 없었다.

물론 몇몇 선수가 깜짝 승선하긴 했지만 그 정도로 올림픽 우승을 기대하기란 쉽지 않아 보였다.

도쿄 올림픽이 시작되자 세계 언론들은 한국과 일본, 두 나라 중 한 나라가 올림픽 야구 금메달을 차지할 가능성이 높다고 점쳤다.

미국을 비롯해 메이저리거들을 불러들인 일부 국가도 만만찮은 전력을 자랑하긴 했지만 투타의 밸런스나 팀의 응집력, 국제 대회 성적 등을 고려했을 때 한국과 일본보다 나은 팀은 없다고 판단한 것이다.

자연스럽게 한국 대표팀도 목표를 본선 진출에서 우승으로 상향 조정했다.

그리고 우승을 향한 최선의 시나리오를 만들기 위해 머리를 맞댔다.

도쿄 올림픽 야구는 7월 27일, 월요일부터 시작됐다.

총 8개의 참가국이 풀 리그를 치른 뒤 8일간 풀 리그를 치른 뒤 이틀을 쉬고 상위 4팀이 본선 무대를 갖는 식이었다.

“이렇게 되면 정훈이를 결승전 선발 쪽으로 돌려야겠죠?”

“흠……. 그렇게 되면 일본전이 첫 등판이네요.”

당초 한국 대표팀은 메달이 걸려 있는 준결승전을 타깃으로 삼았다.

국민들의 염원대로 금메달을 딴다면 더없이 좋겠지만 현실적인 목표는 동메달이었다.

홈 텃세가 예상되는 일본과 세계 최강 전력으로 밀고 들어올 미국을 상대하기에 젊은 피들이 수혈된 한국 대표팀 전력이 강하지 않다고 판단한 것이다.

더욱이 올림픽 메달은 젊은 선수들의 병역 혜택이 걸린 일이었다.

그래서 한국 대표팀은 젊은 선수들의 미래를 열어주기 위해서라도 무리한 목표보다 현실적인 목표부터 이루는 게 현명하다고 판단했다.

이러한 이유로 대표팀 성적의 키를 쥐고 있는 한정훈의 최종 등판은 준결승전으로 결정되어 있었다.

27일 대만과의 첫 경기에 나선 뒤 나흘을 쉬고 1일 베네수엘라전에 등판하고 다시 나흘을 쉬고 준결승전에 오르는 일정이었다.

하지만 미국 대표팀의 전력이 생각보다 약화되면서 한국 대표팀도 생각이 달라질 수밖에 없었다.

"정훈이가 결승전에서 던지려면 28일 일본전에 등판해야 할 것 같습니다."

"28일 일본전에 던지면 그다음 등판은 2일 미국전이네요."

"허……. 이거 일본하고 미국에서 표적 등판했다고 한소리 하겠는데요?"

"차라리 잘됐습니다. 미국이라면 몰라도 일본은 우리 잡겠다고 오타니 쇼헤를 등판시킬 가능성이 높았는데 정훈이라면 우리도 꿇릴 건 없죠."

한국 대표팀은 한정훈이라면 오타니 쇼헤와 맞붙어도 결코 밀리지 않을 것이라고 기대했다.

그러나 일본 대표팀은 예선부터 한정훈과 오타니 쇼헤를 맞붙이고 싶은 생각이 없었다.

8개국이 풀 리그를 치르는 예선전에서 4강에 진출하기 위해 필요한 최소한의 승수는 4승이었다.

물고 물리는 상황까지 고려한다면 5승은 거두어야 안심을 할 수 있었다.

"오타니의 등판 일정을 변경하는 건 무리입니다."

"이미 도미니카 공화국 전에 대비해 컨디션 조절을 마친 상태입니다. 여기서 하루를 더 미뤘다간 컨디션에 문제가 생길 수도 있습니다."

오타니 쇼헤는 올림픽 차출 1주일 전에 최종 등판을 마친 상태였다.

여기서 한정훈을 잡겠다고 등판 일정을 이틀이나 연기했다간 연이은 불펜 피칭을 통해 겨우 맞춰놓았던 오타니 쇼헤의 밸런스가 무너질 수 있었다.(일본의 첫 경기는 개막전으로 하루 일찍 열림)

"오타니가 한정훈을 꺾어준다면 좋겠지만 그 반대의 경우도 생각해야 합니다."

"한정훈은…… 솔직히 괴물입니다. 작년까지만 해도 오타니보다는 못하다는 느낌이었는데 올해는 오타니를 거의 따라잡은 것처럼 보입니다."

"만에 하나 오타니가 컨디션 조절에 실패해 무너져 한정훈에게 승리를 내준다면 여파가 상당할 겁니다."

"메이저리그 타자들로 클린업을 이룬 도미니카 공화국도 만만한 상대가 아닙니다. 게다가 미국전까지 고려하면 오타니가 개막전을 맡아줘야 합니다."

일본 대표팀은 확실한 1승과 불확실한 1승을 두고 갈등했다.

그리고 끝내 확실한 1승을 선택했다.

"오타니는 예정대로 도미니카 공화국과 미국전에 투입시키겠습니다."

오타니 쇼헤가 제외되면서 자연스럽게 한국전 선발 등판

기회는 2선발 마에다 켄타에게 돌아왔다.

비록 오타니 쇼헤만큼의 퍼포먼스를 보여주지는 못하고 있지만 마에다 켄타는 올 시즌도 다저스의 붙박이 4선발로 로테이션을 지키는 중이었다.

그러나 일본 대표팀은 한국전 선발 카드로 마에다 켄타마저 배제시켜 버렸다.

"아무래도 지난 프리미어 12 결승전을 생각하지 않을 수가 없을 것 같습니다."

"아마도 마에다라면 한국 타자들에게 멋진 복수를 해줄 겁니다. 하지만 마에다가 한정훈을 상대로 이길 수 있을 거라는 확신은 들지 않습니다."

일본 대표팀은 마에다 켄타가 프리미어 12 결승전에서 역전패의 빌미를 제공했다는 사실을 꼬집었다.

비시즌에 불펜으로 투입됐던 마에다 켄타와 한창 선발투수로 뛰다 온 마에다 켄타는 분명 다르겠지만 한국 타자들이 마에다 켄타에게 강한 모습을 보여줬던 만큼 굳이 도박을 할 필요는 없다는 이야기였다.

"그렇다면 남은 선수는 스기노와 하리모토뿐인데……."

"하리모토가 젊고 패기가 넘치긴 하지만 한국팀을 상대하기는 무리일 겁니다."

"제 생각도 같습니다. 하리모토보다는 스기노에게 복수의 기회를 주는 편이 나을 것 같습니다."

고심 끝에 일본 대표팀은 한국전 선발투수로 스기노 토모유키를 내정했다.

하리모토 쇼타보다 경험이 많고 아시아 시리즈 결승전에서 한정훈을 상대로 팽팽한 투수전을 보여줬다는 점이 높이 평가됐다.

자연스럽게 4선발이 된 하리모토 쇼타는 네덜란드전을 배정받았다.

8개국 중 약팀으로 분류되는 네덜란드 대표팀 타선이라면 하리모토 쇼타가 충분히 막아낼 수 있다고 판단했다.

기대했던 한정훈과 오타니 쇼헤의 맞대결이 무산되자 언론사들은 아쉬움을 감추지 못했다.

일부 언론들은 일본이 한정훈이 두려워 꼬리를 말았다는 자극적인 표현들까지 서슴지 않았다.

그러나 일본 대표팀은 눈 하나 까딱하지 않았다.

일본 대표팀의 목표는 예선전 전승이 아니라 올림픽 우승이었다.

전승 우승을 이룬다면 더 좋겠지만 메이저리그 선수들이 대거 합류한 상황에서 그럴 가능성은 높지 않아 보였다.

그렇다면 꼭 잡아야 할 경기에 오타니 쇼헤를 투입하는 게 최선의 선택이었다.

그리고 이틀 후 열린 개막전에서 일본 대표팀은 도미니카 공화국을 5 대 2, 3점 차로 누르고 첫 승리를 따냈다.

승리투수는 오타니 쇼헤.

164㎞/h의 패스트볼을 앞세워 메이저리거가 즐비한 도미니카 공화국 타선을 9이닝 동안 5피안타 2실점으로 틀어막았다.

이튿날 열린 경기에서 한국 대표팀도 양현중을 앞세워 대만을 잡아냈다.

최종 스코어는 6 대 1.

대만의 에이스이자 메이저리거인 천웨이안을 상대로 고전하던 타자들이 투수 교체 이후 타력을 폭발시키며 경기를 뒤집었다.

선발 양현중도 1회 초 솔로 홈런을 허용한 이후 6이닝 동안 대만 타자들을 꽁꽁 묶으며 한국 대표팀의 첫 번째 승리투수가 됐다.

일본과 한국에 이어 미국과 쿠바가 각각 1차전 승리를 챙겼다.

순위표는 1승을 챙긴 네 나라와 1패를 떠안은 네 나라로 정확하게 양분되었다.

하지만 그 균형은 오래가지 못했다.

다음 날 오전에 열린 경기에서 미국과 대만이 각각 네덜란드와 도미니카 공화국을 잡아내면서 순위표를 어지럽게 만들어 놓았기 때문이다.

2승을 거둔 미국이 단독 1위로 치고 오른 가운데 1승을 거

둔 한국과 일본, 쿠바가 공동 2위 그룹을 형성했다.

그리고 도쿄 돔에서 한국과 일본의 예선 2차전이 시작됐다.

2

경기 전 일본 최대 신문사인 요미다는 한일전의 승자로 일본을 예상했다.

일본 대표팀의 타자들이 한정훈에 대비해 비밀리에 맞춤 훈련을 실시했다는 이유에서였다.

메이저리그에서도 통한다는 일본의 대표팀 선수들이 어느 한 명의 투수를 무너뜨리기 위해 특별 훈련을 자처했다는 건 상당히 이례적인 일이었다.

요미다는 연습의 성과보다 연습으로 인해 팀이 하나가 되었다는 점에 초점을 맞췄다.

그리고 사무라이 재팬이 한국의 에이스인 한정훈을 무너뜨리고 프리미어 12의 복수를 할 것이라고 단언했다.

팀의 분위기를 끌어올리듯 일본의 선발투수 스기노 토모유키는 특유의 정밀한 제구를 앞세워 1회 초 한국의 공격을 삼자범퇴로 돌려 세웠다.

선두 타자 서건하는 유격수 앞 땅볼.

2번 타자 구자운은 삼진.

3번 타자 강준호는 외야 플라이.

세 타자를 잡아내는 데 단 10개의 공밖에 던지지 않았다.

―스기노 토모유키, 메이저리그에 진출한 이후 착실히 성장했네요.

―그렇네요. 구속도 좋지만 공의 움직임이 전체적으로 요란해진 느낌입니다.

―특히나 스기노 토모유키의 주 무기인 원심 패스트볼이 좋아 보이는데요.

―스기노가 메이저리그 데뷔를 위해 올 겨울 신경을 써서 가다듬었다는 게 효과를 보이고 있는 것 같습니다.

―저 공에 한국의 젊은 테이블 세터가 속수무책으로 당했는데요.

―솔직히 말씀드려서 저 공을 제대로 공략할 수 있는 한국의 타자는 거의 없을 겁니다.

일본 중계진은 깔끔하게 1회를 넘긴 스기노 토모유키를 한참 동안이나 칭찬했다.

그러면서 한정훈이 상대적으로 부담을 가질 수밖에 없을 것이라고 단언했다.

―한정훈도 일본의 베스트 멤버와 겨루는 건 처음이니까요.

—쉽지 않겠죠. 하나같이 메이저리그에서도 크게 활약할 선수들입니다.

일본 중계진이 한껏 분위기를 고조시키는 사이 1번 타자 아키야마 신고가 타석에 들어섰다.

'원하는 코스로 공을 요구해서는 안 돼.'

강민오를 대신해 생애 처음으로 포수 마스크를 쓴 박기완이 길게 숨을 골랐다.

아키야마 신고는 3할이 넘는 정교한 타격에 20개 이상의 도루가 가능할 만큼 발이 빠른 전형적인 리드오프형 타자였다.

특히나 배트 컨트롤이 좋아 타구를 만들어낼 수 있다는 평가를 받고 있었다.

이런 스타일의 타자를 상대하기 위해서는 일단 볼카운트부터 유리하게 끌고 가야 했다.

'초구는 몸 쪽으로.'

아키야마 신고가 홈 플레이트 쪽으로 바짝 붙어 서자 박기완도 몸 쪽으로 미트를 가져다 붙였다.

몸 쪽 꽉 찬 공이 들어온다면 제아무리 아키야마 신고라 해도 좋은 타구를 만들어내지 못할 것이라 여겼다.

'기완이 형이 완전히 얼어버렸네.'

사인을 확인한 한정훈이 피식 웃었다.

평소답지 않게 경직된 모습을 보니 마운드로 불러서 잔뜩 놀려주고 싶을 정도였다.

'좀 아껴두려고 했는데 안 되겠어. 우리 기완이 형 기 좀 살려줘야지.'

한정훈은 투수판에서 슬그머니 발을 빼냈다. 그리고 로진백을 힘껏 움켜쥔 뒤 바닥에 내던졌다.

그 모습을 지켜보던 박기완이 눈을 치떴다.

'벌써?'

설마하니 한정훈이 초구부터 조커를 꺼내들 줄은 예상하지 못했던 것이다.

'하아. 나 때문이군, 나 때문이야.'

박기완은 뒤늦게 자신이 너무 긴장했다는 사실을 깨달았다.

가슴에 붙은 태극 마크 때문에, 일본 최고의 교타자가 타석에 들어섰다는 압박감 때문에 사고 회로에 잠시 퓨즈가 나가 버린 모양이었다.

'아키야마 신고는 노림수가 좋은 타자. 특히나 몸 쪽 공을 잘 받아치지. 몸 쪽에 붙어 선 건 바깥쪽을 노리기 위함이 아니라 몸 쪽을 마음먹고 잡아당기기 위해서일 가능성이 높아. 그렇다면…….'

잠시 생각을 정리한 박기완이 부지런히 손가락을 움직였다.

그리고 마지막으로 엄지손가락을 하나 편 뒤에 평소와 달리 바깥쪽으로 돌렸다.

'응? 뭐지?'

3루 관중석에서 박기완의 사인을 확인하고 있던 일본 전략 분석 요원이 고개를 갸웃거렸다.

올 시즌까지 3년간 한정훈과 박기완이 주고받았던 사인들을 전부 판독했지만 이번처럼 손등이 안쪽으로 향하는 엄지 사인은 처음이었다.

'바깥쪽 커터를 의미하나? 아니면 사인 노출을 우려해 장난을 친 건가?'

전략 분석 요원의 매서워진 시선이 한정훈에게 향했다.

그 순간.

촤라라락!

한정훈이 길게 스트라이드를 하며 힘껏 공을 내던졌다.

후아앗!

매서운 바람 소리와 함께 공이 바깥쪽으로 향했다.

그러자 아키야마 신고가 방망이를 쭉 내밀었다.

원하던 몸 쪽 공이 들어오지는 않았지만 자신의 타격 센스로 바깥쪽 공을 충분히 공략해 낼 수 있다고 생각한 것이다.

'걸렸군.'

전략 분석 요원의 입가를 타고 자연스럽게 웃음이 번졌다.

좌타자 몸 쪽으로 꺾이는 커터의 궤적상 방망이의 중심 부분에 걸려들 가능성이 높다고 생각했다.

'칠 수 있다!'

아키야마 신고도 눈을 부릅떴다.

한정훈이 초구부터 스플리터를 던지는 경우는 드물다는 점을 감안해 포심 패스트볼 타이밍으로 방망이를 끌고 나왔는데 타이밍상 늦지 않게 걸려들 것만 같았다.

'훈련의 효과가 있군.'

망설임 없는 아키야마 신고의 스윙을 지켜보던 오쿠보 유키 감독도 기대감을 감추지 못했다.

한정훈의 빠르고 날카로운 공을 상대하기 위해 최고 구속 170㎞/h의 패스트볼을 던질 수 있는 피칭 머신을 마운드 앞쪽에 설치해 놓고 타자들을 훈련시켰다.

일본 최고라 불리는 타자들을 모욕하는 짓이었지만 타자들은 올림픽 우승과 타도 한정훈을 위해 자존심을 내려놓고 훈련에 동참했다.

그 결과가 아키야마 신고의 타석부터 나타나고 있다고 생각했다.

"어……!"

"이런!"

한국 대표팀 더그아웃에서도 짤막한 단발마가 터져 나왔다.

카운트를 잡기 위해 내던진 한정훈의 바깥쪽 포심 패스트볼이 평소보다 조금 밋밋하게 느껴진 것이었다.

하지만 마지막 순간에 요동치기 시작한 공은 모두를 놀리듯 바깥쪽으로 휘어져 나갔다.

그리고 아키야마 신고의 스윙 궤적을 완전히 벗어나 박기완의 미트 속으로 빨려 들어갔다.

"마, 말도 안 돼!"

뒤늦게 공의 정체를 알아챈 전략 분석 요원이 자리에서 벌떡 일어났다.

원심 패스트볼.

스기노 토모유키가 주 무기로 사용하는 그 원심 패스트볼이 틀림없었다.

–저건……! 원심 패스트볼!

–공의 움직임이 확실히 스기노 토모유키의 공을 닮았네요.

일본 중계석도 한정훈이 원심 패스트볼을 장착했다고 확신했다.

그러면서 스기노 토모유키가 메이저리그에서 잘 적응하는 것을 보고 따라 익혔을 가능성이 높다고 추측했다.

그러나 모든 진실을 알고 있는 서재훈은 한정훈의 공과 스기노 토모유키의 원심 패스트볼은 전혀 다르다고 말했다.

–지금 현지에서는 스기노 토모유키 선수의 원심 패스

트볼을 한정훈 선수가 따라 익혔다는 말이 나오는 거 같은데요.

—말도 안 되는 헛소리죠. 그건 제가 보증합니다.

—뭔가 아시는 게 있다는 말씀이시죠?

—당연하죠. 사실 정훈이가 던진 좌타자 바깥쪽으로 흘러나가는 패스트볼은 저와 함께 오래 연구했던 공이거든요.

—그러니까 원심 패스트볼은 맞지만 스기노 토모유키 선수를 의식하고 개발한 건 아니다는 말씀이신가요?

—아뇨. 시작부터가 달라요. 원래 정훈이에게 서클체인지업을 권했었는데 투구 밸런스가 미묘하게 틀어지는 경향이 있어서 중도 포기했었거든요. 그런데 작년에 정훈이가 스플리터를 익힌 다음에 그러는 거예요. '형, 이 공이 좌타자 바깥쪽으로 흘러나가듯 떨어지면 더 좋을 거 같아요.'

—그래서 이 공이 만들어진 겁니까?

—네, 한정훈 선수하고 거의 1년 가까이 그립을 바꿔가며 연습한 끝에 최근에 완성이 된 공입니다.

—그런데 이 공을 왜 이제야 보여준 걸까요?

—특별히 올림픽을 의식한 건 아니고요. 본래 내년 시즌을 위한 공이었는데 조금 빨리 완성이 됐습니다.

—그러니까 정리를 하자면 변종 스플리터를 연구하다 보니 이 공이 만들어졌다는 말씀이시군요?

—네, 그리고 변종 스플리터가 아니라 J-스플리터입니다.

—J—스플리터라. 한정훈 선수의 이니셜을 딴 듯하지만 서재훈 선수의 이니셜을 붙인 것 같은 느낌은 뭘까요.

—하하하. 그건 노코멘트 하겠습니다.

—어쨌든 시원시원한 설명 감사합니다. 정말 저희 방송사에서 서재훈 해설위원을 어렵게 영입한 보람이 있네요.

한국 중계진이 J—스플리터에 대해 열을 올리는 동안 한정훈은 아키야마 신고를 3구 삼진으로 돌려세웠다.

초구에 들어온 변종 스플리터에 완벽하게 타이밍을 빼앗긴 탓에 2구째와 3구째 들어온 포심 패스트볼을 제대로 건드리지도 못했다.

두 번째로 타석에 들어선 오코에 루이스도 마찬가지.

나이지리아 혼혈로 빠른 공을 감각적으로 때려내는 재주를 가져 2번 타순에 전진 배치됐지만 포심 패스트볼—커터—J—스플리터로 이어지는 공에 시원하게 선풍기질만 하고 물러났다.

—아아, 오코에 루이스. 허무하게 3구 삼진으로 물러납니다.

—타석에서 침착하게 공을 기다렸어야 했는데 쫓아다니고 말았습니다.

—아키야마 신고가 삼진으로 물러난 걸 봤을 텐데도 서두르는 모습이 보였습니다.

—이제 97년생이니까요. 아마 제힘으로 한정훈 선수를 쓰러뜨리고 싶었을 겁니다.

—그래도 이제부터 중심 타선이니까요. 믿어봐야겠죠?

—특히나 야마야 데쓰토 선수가 연습 경기에서 가장 좋은 모습을 보여줬다고 하니 기대를 걸어도 될 것 같습니다.

테이블 세터가 연속 3구 삼진으로 물러난 가운데 3번 타자 야마야 데쓰토가 타석에 들어섰다.

2014년 생애 첫 두 자릿수 홈런을 때려내며 성장한 야마야 데쓰토는 이후 5년 연속 30-30 클럽을 달성하며 일본을 대표하는 호타준족의 대명사로 자리 잡고 있었다.

특히나 올 시즌 이후 메이저리그 진출을 선언한 야마야 데쓰토에게 올림픽 무대는 자신의 몸값을 끌어올릴 수 있는 최고의 무대였다.

'제법 좋은 공을 던진다지만 나한테는 안 통할 거다.'

우타석에 들어선 야마야 데쓰토가 방망이를 힘껏 움켜쥐었다.

경기 전 연습 타격 때도 코앞에서 날아드는 170㎞/h의 공들을 담장 밖으로 넘겨 버릴 만큼 컨디션이 좋은 상태였다.

한정훈이 새롭게 원심 패스트볼을 장착했다고 하지만 패스트볼의 범주를 벗어나지 않는 한 어떤 구종을 던지더라도 공략해 낼 자신이 있었다.

그런 야마야 데쓰토의 넘치는 자신감이 포수석에 앉아 있던 박기완에게 전해졌다.

하지만 앞선 두 타자를 가볍게 3구 삼진으로 돌려세워서일까.

박기완은 그저 피식 웃고 말았다.

'정훈이 공을 치려고 170km/h의 피칭 머신으로 훈련했다지?'

작년 중순까지 스톰즈 구단을 제외한 다른 구단들은 한정훈의 등판에 앞서 170km/h 피칭 머신으로 타격 훈련을 시행하곤 했다.

체감 구속이 170km/h에 육박한다는 한정훈의 패스트볼을 공략하기 위해서는 비슷한 빠르기의 공을 때려내는 연습이 필요하다고 여긴 것이다.

하지만 정작 170km/h 피칭 머신 훈련으로 큰 효과를 본 구단은 없다시피 했다.

오히려 빠른 공에 대한 잔상 때문에 타자들이 다른 투수들을 상대할 때 컨디션 난조를 보이는 경우만 많아졌다.

작년 시즌 중반 한정훈이 전 구단 상대 승리투수가 된 이후 170km/h 피칭 머신 훈련법을 실시했다는 구단은 나오지 않았다.

이론상으로나 가능할 법한 170km/h 피칭 머신 훈련법이 한정훈에게 통하지 않는다는 사실을 현장에서 인정한 것이다.

'일본 타자들이라고 해서 뭐가 다를까.'

박기완은 숨을 크게 들이켰다.

일본의 야구 수준이 한국보다 낫다고 해서 170km/h 피칭 머신 훈련법이 통할 거라는 생각은 들지 않았다.

'과감하게 가자.'

박기완이 당당하게 몸 쪽으로 미트를 옮겨 붙였다.

그러자 일본 중계석이 떠들썩하게 변했다.

―한국의 신인 포수. 야마야 데쓰토를 상대로 몸 쪽 코스를 요구하는 것 같습니다.

―경험이 부족한 걸까요? 자신감이 지나치네요.

―한국의 벤치에서 올 시즌 야마야 데쓰토의 우타자 상대 기록들을 전혀 살피지 않은 것 같은데요.

―한정훈의 빠른 공을 믿고 있는 것이라면 글쎄요. 야마야 데쓰토에게는 통하지 않을 겁니다.

일본 중계진은 야마야 데쓰토에게 몸 쪽 승부는 과감하다 못해 멍청한 짓이라고 단언했다.

실제로 올 시즌 몸 쪽 패스트볼에 대한 야마다 데쓰토의 타율은 0.444에 달했다.

그래서일까.

"기완이의 리드가 좀 대담한데……."

박기완의 사인을 확인한 진갑영 배터리 코치가 불안함을 감추지 못했다.

메이저리그 진출 시 연평균 1,000만 달러 이상은 족히 받아낼 수 있다는 평가를 받고 있는 야마야 데쓰토에게 초구부터 과감한 승부는 불안하기만 했다.

하지만 박기완에게 선발 포수 마스크를 내어준 강민오의 생각은 달랐다.

"초구에 야마야 데쓰토의 노림수를 깨뜨리려는 것 같은데요."

"그걸 누가 모르냐. 그러다 잘못되면……."

"에이, 선배. 아니, 코치님도 참. 코치님은 정훈이의 패스트볼 피안타율이 얼마인지 모르세요?"

"뭐?"

강민오의 뜬금없는 이야기에 진갑영이 미간을 찌푸렸다.

포수라면 상대 타자들을 상대로 볼 배합을 가져가는 게 정석이었다.

설사 한정훈이 몸 쪽 패스트볼을 자신 있게 던진다 하더라도 상대 타자가 몸 쪽 패스트볼에 강하다면 일단은 피해가는 게 옳았다.

당연히 박기완이 젊은 패기로 무리하게 승부를 보려 한다는 생각을 지우기 어려웠다.

그러나 마지못해 찾아본 한정훈의 피안타 기록을 확인한

뒤로는 그런 확신이 무너졌다.

한정훈이 올 시즌 허용한 피안타는 40개.

피안타율은 7푼 5리에 불과했다.

야마다 데쓰토 같은 우타자 상대 피안타율은 7푼(피안타 수 24개)으로 더 낮았다.

그중 패스트볼이 얻어맞은 경우는 16번에 불과했다.

패스트볼 피안타율 0.059.

그리고 몸 쪽 코스로 날아든 패스트볼의 피안타율은 0.056.

몸 쪽 패스트볼로 아웃 카운트를 잡기 위해 스무 번을 시도했을 때 한 번 얻어맞는 정도였다.

더 놀라운 건 피장타율.

공교롭게도 피안타율과 0.011밖에 차이가 나지 않았다.

'이 정도였다니…….'

데이터를 확인한 진갑영이 혀를 내둘렀다.

한정훈의 인코스 패스트볼이 피안타를 허용할 확률도 적지만 장타로 연결될 확률은 극히 드물다면 박기완이 당당하게 몸 쪽 승부를 가져가는 것도 무리는 아니었다.

물론 박기완의 리드가 옳다는 건 아니었다. 틀리지 않은 것뿐이었다.

우타자 몸 쪽 패스트볼 피안타율 5푼 6리라는 데이터는 결코 허수가 아니었다.

실제 피안타가 발생했고 그 횟수가 누적이 되면서 만들어진 결과였다.

하지만 박기완도 단순히 한정훈의 피안타율만 믿고 몸 쪽 공을 요구한 게 아니었다.

사인을 확인한 이후 한참 동안 로진백을 두드리던 한정훈이 천천히 투수판을 밟았다.

그리고 길게 숨을 골랐다.

저만치 박기완의 미트 포켓이 보였다.

그 바로 앞쪽으로 야마야 데쓰토가 매서운 눈초리로 자신을 노려보고 있었지만 한정훈은 딱히 신경 쓰지 않았다.

야구라는 스포츠는 분명 투수와 타자의 싸움이다.

투수가 공을 던지고 타자가 그 공을 향해 덤벼들어야 뭔가가 이루어진다.

그렇다고 해서 투수가 매번 타자를 신경 쓸 필요는 없었다.

특히나 지금처럼 벽 하나를 부숴야 할 시점이라면 타자는 잠시 머릿속에서 지워도 상관없었다.

'막무가내로 던지는 게 아냐. 밸런스는 최대한 유지한 채로 반 템포 빠르게. 대신 코스는 조금 여유롭게.'

속으로 주문을 외우듯 마인드컨트롤을 한 뒤에 한정훈은 힘껏 다리를 추켜올렸다.

그러고는 평소보다 조금 빠른 듯한 느낌으로 공을 내던졌다.

후아앗!

바람 소리와 함께 날아든 공이 스트라이크존 한가운데로 날아들었다.

그와 동시에 야마야 데쓰토가 눈을 번뜩이며 방망이를 휘둘렀다.

'잡는다!'

170km/h대의 패스트볼을 계속 봐서인지 한정훈의 공이 눈에 또렷이 들어왔다.

게다가 코스까지 좋았다. 이대로라면 자신의 방망이로 선취점을 뽑아낼 수 있을 것 같았다.

그런데 다 잡았다고 생각했던 공은 순식간에 타격 영역 너머로 사라져 버렸다.

170km/h대 패스트볼을 공략해 냈던 번개 같은 스윙으로 대응했는데도 마지막 순간 공은 방망이보다 먼저 홈 플레이트 위를 지나가 버렸다.

'빠, 빠르다!'

허망하게 헛스윙을 한 야마야 데쓰토가 반사적으로 전광판을 바라봤다.

이건 체감 속도가 최대 170km/h라던 한정훈의 패스트볼이 아니었다.

아니나 다를까.

165㎞/h.

한참 만에 전광판에 떠오른 구속은 돔 구장을 시장통으로 만들어버렸다.

"마, 말도 안 돼! 165㎞/h라니!"

"오타니 쇼헤가 세운 아시아 최고 기록하고 똑같잖아!"

일본 야구팬들은 경악했다.

한정훈이 한국의 에이스이고 강한 투수라는 건 알고 있었지만 이렇게나 빨리 오타니 쇼헤를 따라잡아 버릴 줄은 생각하지 못한 것이다.

놀란 건 일본 중계석도 마찬가지였다.

—전광판 구속에 놀라운 숫자가 찍혔습니다.

—허……. 구속 측정에 문제가 발생했을까요. 165㎞/h라니. 보고도 믿기 어려운 숫자네요.

한참 동안 말이 없던 일본 해설진들은 구속 측정에 다소 오류가 발생했을지 모른다는 식으로 한정훈의 구속을 깎아내렸다.

미리 보는 결승전이라 불리는 한일전에서 한정훈의 기세를 높여주고 싶지 않았던 것이다.

그러나 서재훈은 놀라기에는 아직 이르다고 말했다.

—서, 서재훈 위원. 지금 전광판에 이상한 숫자가 나왔는데요.

—하하, 정훈이가 오늘 최고 구속 한번 찍어보겠다더니 하나 던졌나 보네요.

—한정훈 선수가요?

—아, 네. 한정훈 선수가요. 자꾸 입에 붙어서 죄송합니다.

—그런데 165㎞/h에 달하는 공이 던지겠다고 해서 그냥 던져지는 공이었나요?

—물론 일반 투수들에게는 어림도 없는 소리겠지만 한정훈 선수라면 가능합니다.

서재훈이 테이블에 놓인 물을 천천히 들이켰다.

그러자 캐스터가 어서 이야기보따리를 풀어 달라며 간절한 눈으로 서재훈을 채근했다.

—흠, 흠. 제가 해설을 시작하기 전부터 많은 분이 저한테 이런 질문들을 하셨습니다. 한정훈 선수의 최고 구속은 163㎞/h냐고요.

—163㎞/h면 서재훈 위원 은퇴 경기 때 나왔던 구속이죠?

—네. 정훈이가, 아니, 한정훈 선수가 저를 위해 깜짝 선물 차원에서 던졌던 공인데 덕분에 인터넷이 떠들썩했었죠.

—그런데 그때는 와인드업 포지션으로 던지지 않았나요?

—기억력 좋으시네요. 맞습니다. 대부분의 투수처럼 한정훈 선수도 와인드업 포지션으로 던졌을 때 구속이 조금 더 늘어납니다. 실제 한일 고교야구 대항전 때도 와인드업 포지션으로 162㎞/h를 던졌죠. 그리고 그때 패스트볼 최고 구속이 대략 157—8㎞/h 정도였던 것으로 기억합니다.

—그런데 고작 3년 만에 165㎞/h라는 말도 안 되는 구속이 나왔습니다. 그것도 세트 포지션으로요.

캐스터는 마치 어마어마한 미스터리라도 접한 것 같은 표정을 지었다.

하지만 그 진실은 예상보다 싱거웠다.

—하하. 그렇게 생각하시는 분이 많을 것 같지만 한정훈 선수는 본래 더 빠른 공을 던질 수 있었습니다. 고등학교 2학년 때 한창 성장해야 할 나이에도 158㎞/h를 던졌습니다. 그때보다 키도 조금 더 컸고 근력도 붙었으니 구속이 늘어나는 게 당연합니다.

—하지만 얼마 전까지 세트 포지션 상태에서 한정훈 선수가 기록한 최고 구속은 161㎞/h였는데요.

—정확하게는 162㎞/h죠. 대구 라이온스전에서 세웠잖습니까.

—아! 그렇군요. 제가 그 경기 기록을 깜빡했습니다.

—그리고 그건 어디까지나 공식 경기의 구속이고요. 비공식적으로 작년 말부터 한정훈 선수의 최고 구속은 165km/h 수준이었습니다.

—그, 그게 정말입니까?

—네, 다들 아시겠지만 한정훈 선수가 고등학교 1학년 때 투구 폼을 새로 바꿨거든요. 그 투구 폼에 완벽하게 적응하기 위해서 그동안은 구속 증가보다는 투구 밸런스를 잡는 데 초점을 맞춰왔습니다. 실제 경기에서는 더 그래왔고요. 대신 비시즌 때나 연습을 할 때는 구속 향상에 신경을 써왔습니다. 그 결과를 오늘 보시는 것뿐입니다.

—그러니까 한정훈 선수가 밸런스와 구속이라는 두 마리 토끼를 전부 쫓았다는 말씀이시군요?

—오! 그 표현 좋네요. 맞습니다. 그리고 보시다시피 두 마리 토끼를 전부 잡아냈습니다.

서재훈은 지금껏 한정훈을 위해 감춰왔던 진실을 시원스럽게 터뜨렸다.

한정훈에 대해 잘 알지도 못하고 떠드는 이들을 만날 때마다 모든 걸 다 털어놓고 싶어서 입이 근질거렸었는데 이제야 좀 속이 시원해지는 기분이었다.

—대단합니다. 일부 전문가는 데뷔 후 한정훈 선수의 최고

구속이 크게 변화가 없어서 100mile/h(≒161㎞/h)을 한계라고 말했는데요.

—뭐, 그분들의 입장에서는 충분히 그렇게 여길 수밖에 없을 겁니다. 해마다 한정훈 선수가 최고 구속을 갱신해 주길 기대했는데 그 기대에 미치지는 못했으니까요.

—하지만 대한민국의 에이스, 한정훈 선수가 아시아 최고 구속을 기록하며 도쿄 돔을 침묵 속에 빠뜨렸습니다!

일본 관중들의 웅성거림이 중계석까지 들려왔지만 캐스터는 눈 하나 깜짝하지 않고 한정훈의 활약을 추켜세웠다.

165㎞/h가 단순히 이벤트성 구속이었다면 또 모르겠지만 서재훈의 말처럼 한정훈이 진짜 실력을 감추고 있었던 것이라면 머잖아 일본 관중들도 입을 다물게 될 것이라 여겼다.

그리고 그 예상이 현실이 되기까지는 그리 오랜 시간이 걸리지 않았다.

퍼엉!

한정훈이 힘껏 내던진 2구가 이번에는 바깥쪽 꽉 찬 코스에 틀어박혔다.

순식간에 홈 플레이트를 지나가 버린 공에 야마야 데쓰토는 차마 방망이를 내돌릴 엄두조차 내지 못했다.

아니, 초구를 놓친 순간부터 한정훈의 패스트볼을 때려낼 수 있다는 자신감은 완전히 사라져 버린 뒤였다.

'빌어먹을!'

멍하니 포수 미트를 바라보던 야마야 데쓰토가 이내 전광판으로 시선을 움직였다.

164km/h.

초구보다 1km/h가 줄어들었지만 전광판에는 익히 알려진 한정훈의 최고 구속을 상회하는 숫자가 찍혀 있었다.

58장
도코 올림픽(2)

'빌어먹을! 우연이 아니었어.'

야마야 데쓰토가 입술을 질근 깨물었다. 그리고 힘겹게 방망이를 추켜올렸다.

일본 야구 전문가들이 분석한 한정훈의 패스트볼의 체감 구속은 165km/h에서 170km/h(측정 구속 160km/h 기준) 정도.

그래서 일본 대표팀은 연습에 170km/h대 피칭 머신을 동원했다.

거기에 낙폭이 적은 한정훈의 패스트볼의 특징을 살리기 위해 피칭 머신과 타석의 거리를 1미터 가까이 좁히기까지 했다.

전력 분석팀은 이 정도 조건이면 한정훈이 전력으로 던진 패스트볼과 별반 차이가 없을 것이라고 단언했다.

일본 대표팀 타자 중에서도 이 훈련에 가장 빨리 적응했던 야마야 데쓰토는 그 말을 철석같이 믿었다.

그래서 스스로 한정훈 공략의 선봉에 서겠다고 자처했다.

하지만 막상 타석에서 지켜본 한정훈의 공은 무의미하게 빠르기만 한 피칭 머신의 죽은 공과는 전혀 달랐다.

그보다 더 빠르고 날카로웠다.

그나마 170㎞/h대 공으로 연습하지 않았다면 눈으로 공을 좇는 것조차 불가능한 수준이었다.

그런데 갑작스럽게 구속마저 5㎞/h가 늘어나 버렸다.

'처음부터 칠 수 없는 공이었어.'

야마야 데쓰토는 절망감을 감추지 못했다.

한정훈의 실력을 제대로 알았다면 이런 식으로 덤벼들지는 않았을 텐데.

대책 없이 타석에 들어선 스스로가 한심스럽기만 했다.

그러나 애석하게도 후회하기에는 너무 늦어버렸다.

사인을 확인한 한정훈이 투구 동작에 들어간 것이다.

'젠장할!'

야마야 데쓰토가 반사적으로 테이크백에 들어갔다.

한정훈이 165㎞/h대의 패스트볼을 던지기 시작한 이상 감히 여유를 가지고 공을 지켜볼 수가 없었다.

'제발 바깥쪽으로 들어와라!'

반쯤 겁을 집어먹은 눈으로 한정훈을 바라보며 야마야 데쓰토가 간절히 바랐다.

아직 2구의 잔상이 남아 있는 상황에서 3구째도 같은 코스로 공이 들어온다면 어떻게든 건드려 볼 수는 있을 것만 같았다.

그런데.

후아앗!

한정훈의 손끝을 빠져나온 공은 얄궂게도 야마야 데쓰토의 몸 쪽으로 파고들었다.

'크아아!'

야마야 데쓰토는 속으로 악을 내지르며 방망이를 휘돌렸다.

이렇게 된 이상 170km/h대 피칭 머신의 공을 때려냈을 때보다 더 빨리 스윙을 가져가는 수밖에 없었다.

하지만 그런 야마야 데쓰토의 대응을 예상하기라도 한 것처럼 공의 회전이 줄어들더니 방망이가 허공을 가른 지 한참이 지나서야 박기완의 미트 속으로 빨려 들어갔다.

퍼엉!

잔인한 포구 소리가 야마야 데쓰토의 귓가에 울렸다.

그와 동시에 야마야 데쓰토의 손아귀를 빠져나간 방망이는 3루 측 관중석으로 날아가 버렸다.

그 모습을 지켜보던 일본 관중들은 그야말로 경악을 금치 못했다.

30-30을 5번이나 달성하는 동안 야마야 데쓰토가 기록한 타율은 무려 3할 2푼 7리.

일본 리그의 우타자 중에서 야마야 데쓰토보다 정교한 타격을 자랑하는 타자는 없었다.

그런 야마야 데쓰토가, 사무라이 재팬의 3번 타자가 만화에서나 나올 법한 어처구니없는 헛스윙으로 3구 삼진을 당해버렸다.

그것으로도 모자라 볼썽사납게 방망이까지 놓치고 말았으니 마치 악몽을 꾸는 것 같은 기분마저 들었다.

"허……!"

"야마야가 저런 어처구니없는 공에 당하다니."

더그아웃에서 야마야 데쓰토의 타석을 지켜보던 일본 대표팀 타자들도 충격을 감추지 못했다.

한정훈이 던진 3구는 몸 쪽 낮은 코스의 체인지업이었다.

평소의 야마야 데쓰토라면 충분히 걸러내고 볼 판정을 이끌어 낼 수 있는 공이었다.

하지만 야마야 데쓰토는 뭐에 홀리기라도 한 것처럼 성급하게 방망이를 휘돌려 삼진을 당하고 말았다.

그 모습이 한정훈에 대한 미증유의 공포감을 증폭시켰다.

"괜찮아! 처음이라 낯설어서 그런 거니까 신경 쓰지 마!"

코치들이 나서서 선수들을 독려했다.

한정훈이 일본의 정예 대표팀과 맞붙는 건 이번이 처음이었다.

선수들의 눈에 한정훈의 공이 낯선 것도 무리는 아니었다.

그러나 낯선 것과 두려운 것은 의미 자체가 달랐다.

2회 말.

"야니기타!"

"제발! 힘내라!"

4번 타자 야니기타 유이가 타석에 들어서자 일본 관중들이 크게 환호했다.

요미다의 4번 타자로 활약하며 메이저리그 진출을 정조준하고 있는 야니기타 유이라면 한정훈의 상승세를 꺾어줄 수 있을 것이라 믿었다.

야니기타 유이도 마음을 단단히 먹었다.

선발투수 스기노 토모유키가 2회 초 한국의 공격을 잘 틀어막으며 한국팀의 기세를 잠시 꺾어놓은 상태였다.

여기서 또다시 한정훈에게 말려든다면 오늘 경기가 어려워질 수밖에 없었다.

'지난 아시아 시리즈 때의 내가 아니다.'

야니기타 유이가 방망이를 힘껏 움켜쥐었다.

순간 까득거리는 장갑의 마찰음이 귀곡성처럼 박기완의 귓가를 찔러왔다.

'단단히 약이 오른 모양이로군.'

박기완이 그럴 줄 알았다며 씩 웃어 보였다.
앞선 세 타자가 허무하게 3구 삼진을 당한 상황에서 팀의 4번 타자가 분개하지 않는다는 건 있을 수 없는 일이었다.
하지만 제아무리 야니기타 유이라 하더라도 한정훈의 패스트볼을 제대로 공략해 낼 수 있을 것 같지는 않았다.
'어디 한번 해보자.'
박기완이 몸 쪽으로 미트를 가져다 붙였다.
몸 쪽 공에 강한 야니기타 유이의 자존심을 초구로 꺾어버리고 싶었다.
"이제야 좀 기완이 형답네."
박기완의 사인을 확인한 한정훈이 피식 웃었다.
그러고는 박기완의 미트를 향해 전력을 다해 공을 내던졌다.
후아앗!
한정훈의 손끝을 빠져나간 공이 쏜살같이 야니기타 유이의 몸 쪽을 파고들었다.
몸 쪽 공을 예상한 야니기타 유이가 재빨리 방망이를 휘돌려 봤지만 공은 그보다 한참 앞서서 홈 플레이트를 스쳐 지났다.
"크으윽!"
초구부터 시원하게 헛방망이질을 한 야니기타 유이가 입술을 질근 깨물었다.

야마야 데쓰토의 타석을 보고 빠르다고 느끼긴 했지만 타석에서의 체감 구속은 상상 이상이었다.

지난겨울에 맞상대했을 때보다 한 타이밍이나 빨리 허리를 돌렸는데도 공을 스치지도 못하고 말았다.

전광판에 찍힌 구속은 또다시 165㎞/h.

"허……."

1루 측 더그아웃에 앉아 있던 오타니 쇼헤의 입가를 타고 쓴웃음이 번졌다.

그 모습이 중계 카메라에 정확하게 포착됐다.

그러자 서재훈이 기다렸다는 듯이 입을 열었다.

–오타니 쇼헤 선수, 약이 오를 겁니다.

–한정훈 선수의 피칭을 보고 피가 끓어오른다는 말씀이시죠?

–아뇨, 말 그대로 약 오를 겁니다. 자신은 지금까지 165㎞/h를 딱 한 번 던졌거든요. 메이저리그에서도 최고 구속은 164㎞/h가 전부였으니까요.

–아하, 그런데 한정훈 선수가 연달아 165㎞/h를 꽂아 넣고 있으니 약이 오를 수밖에 없다는 말씀이군요?

–그렇죠. 투수들은 사실 단순하거든요. 내가 빠른 공에 자신이 있는데 나보다 더 빠른 공을 던지는 투수가 눈앞에 있으면 약이 오르고 이기고 싶고 그래요.

서재훈이 경험을 살려 말했다.

한정훈과는 너무 늦게 만나서 형동생처럼 지냈지만 만약 10년 일찍 만났다면 한정훈의 재능을 시기하고 질투했을지 모른다고 덧붙였다.

—그러고 보니 확실히 오타니 쇼헤 선수의 눈빛이 예사롭지 않네요.

—흥분 반 두려움 반이겠죠. 솔직히 메이저리그에서도 한정훈 선수를 아시아 최고 투수라고 인정하고 있으니까요.

—오타니 쇼헤 선수 입장에서는 오늘 선발 등판하지 못한 게 무척 아쉬울 것 같습니다.

—엄청 아쉽겠죠. 지금은 제대로 싸워보지도 못하고 지는 기분일 테니까요. 게다가 어쩌면 올림픽에서 맞대결할 가능성이 없을지도 모르고요.

—일본은 결승전에서 오타니 쇼헤 선수를 선발 등판시키겠다고 하던데요?

—하하, 그건 일단 준결승전에서 이기고 나서 이야기해야죠. 여차해서 일본이 미끄러질 수도 있지 않겠습니까?

서재훈이 장난스럽게 말했다.

올림픽 시작 전부터 세계 챔피언이라도 되는 것처럼 구는 일본 대표팀의 오만을 꼬집은 것이다.

물론 객관적으로 봤을 때 결승 진출 가능성이 가장 높은 나라는 일본이었다.

하지만 공은 둥글고 경기는 해봐야 아는 법이었다.

일본이 본선 진출에 실패할 수도 있고 준결승전에서 불의의 일격을 당하고 지난 올림픽 때처럼 3, 4위전으로 밀려날 수도 있었다.

'마음 같아서는 예선 탈락해 버렸으면 좋겠지만…….'

미지근해진 물로 목을 축이며 서재훈이 일본팀 더그아웃을 바라봤다.

한정훈과 오타니 쇼헤의 결승전 맞대결을 기대하는 건 일본 대표팀만이 아니었다.

서재훈도 내심 결승에서 일본과 만나길 바랐다.

그리고 한정훈이 실력으로 오타니 쇼헤를 꺾어주길 바랐다.

그러기 위해서라도 일단 오늘 경기부터 깔끔하게 잡아낼 필요가 있었다.

그런 서재훈의 속내가 전해지기라도 한 듯 한정훈은 야니기타 유이-나키타 쇼우-시가모토 하야트로 이어지는 4, 5, 6번 타순을 깔끔하게 틀어막고 이닝을 마쳤다.

야니기타 유이와 나키타 쇼우는 3구 삼진.

초구에 기습 번트를 시도했던 시가모토 하야트는 포수 파울 플라이로 물러나고 말았다.

"젠장할!"

당초 예상과는 달리 한정훈의 기세에 타자들이 완전히 눌리자 스기노 토모유키의 어깨가 무거워졌다.

일본 전문가들은 일본 대표팀 타자들이 6회 이전까지 최소 2득점 이상은 해줄 것이라고 기대했다.

제구력이 좋은 한정훈을 상대로 연속 안타를 뽑아내는 건 쉽지 않겠지만 힘이 좋은 중심 타자들이라면 홈런을 때려줄 것이라 예측한 것이다.

실제 아마야 데쓰토-야니기타 유이-나키타 쇼우로 이어지는 클린업 트리오는 타고투저 현상 속에서도 매 시즌 30개 이상의 홈런을 때려낼 만큼 폭발적인 장타력을 갖추고 있었다.

오죽했으면 오타니 쇼헤조차 상대하기 부담스럽다며 혀를 내두를 정도였다.

하지만 애석하게도 일본 대표팀이 원하던 그림은 나오지 않았다.

오히려 경기 초반부터 5개의 탈삼진을 헌납하며 스기노 토모유키를 기운 빠지게 만들었다.

"일단 최대한 버티자."

일본 대표팀의 에이스인 오타니 쇼헤에 버금가는 한정훈의 피칭에 스기노 토모유키도 감히 맞붙을 생각을 하지 못했다.

계획대로 타자들이 초반에 점수를 뽑아줬다면 모르겠지만 지금으로서는 지지 않는 피칭을 하는 게 최선처럼 느껴졌다.

'갑자기 구속을 끌어올리면 탈이 날 수밖에 없어. 그때까지만 버텨라.'

마운드에 오른 스기노 토모유키는 오쿠보 유키 감독의 당부를 되새겼다.

한정훈도 사람인 이상 언제고 지칠 수밖에 없다.

그때까지 점수를 내주지 않고 버틴다면 이기는 건 일본이다.

"후우……."

애써 마음을 다잡은 스기모 토모유키가 제구에 집중했다.

구속이 조금 떨어지더라도 정타를 맞지 않으려 애를 썼다.

3회 초에 이어 4회 초까지 한국 대표팀 타자들은 스기노 토모유키의 투구에 꼼짝하지 못했다.

포심 패스트볼과 투심 패스트볼, 원심 패스트볼, 커터, 포크볼, 거기에 두 종류의 슬라이더와 커브, 체인지업까지 스기노 토모유키가 실전에서 던질 수 있는 공만 10종류나 됐다.

이런 상황에서 뭔가 하나의 구질을 노리고 들어가는 것도 쉽지가 않았다.

이에 질세라 한정훈도 4회 말까지 일본 대표팀 타자들을 완벽하게 틀어막았다.

역대 최고 수준이라고 평가받던 일본 대표팀 타자들에게

단 하나의 정타도 허용하지 않았다.

아니, 일본 타자 중 누구도 한정훈의 공을 방망이 중심에 맞추지 못했다.

―크아! 한정훈 선수, 제 동생이라서가 아니라 칭찬을 안 할 수가 없게 만듭니다.

―괜찮습니다. 맘껏 칭찬하십시오.

―그럼 그래볼까요? 전 타석에서 오코에 루이스 선수에게 3구 연속 165km/h대 강속구를 던져서 삼진을 잡아내지 않았습니까? 그럼 대기 타석에서 기다리고 있던 야마야 데쓰토 선수는 상식적으로 뭘 노리겠습니까?

―강속구를 노리지 않을까요?

―그렇죠. 계속 눈에 들어오니까 아무래도 신경이 쓰일 수밖에 없죠. 그런데 한정훈 선수가 영리하게 야마야 데쓰토 선수를 상대로 초구에 J-스플리터를 몸 쪽에 붙였으니 강속구인 줄 알고 방망이를 휘둘렀던 야마야 데쓰토 선수도 속수무책 당할 수밖에 없었던 겁니다.

서재훈은 한정훈의 강속구뿐만 아니라 강속구를 활용하는 효과적인 피칭에 대해서도 극찬을 이어갔다.

165km/h에 달하는 포심 패스트볼을 결정구로만 쓰는 게 아니라 목적구, 유인구 등 다양하게 활용하며 타자들의 타이

밍을 완전히 빼앗고 있다는 것이다.

실제로 타순이 한 바퀴 돌았지만 일본 대표팀 더그아웃의 분위기는 침울하기만 했다.

한정훈의 밸런스가 흐트러지길 기대했던 일본 코칭스태프의 표정도 밝지 못했다.

4회까지 투구 수가 고작 32개밖에 되지 않다 보니 지치길 기다리는 것도 요원한 일이 되어버렸다.

"스기노! 이번 이닝을 꼭 막아내야 한다!"

글러브를 집어 든 스기노 토모유키를 향해 오쿠보 유키 감독이 주먹을 쥐어 보였다.

5회 초 한국 대표팀의 타순은 4, 5, 6번.

일본 대표팀 못지않게 중량감을 자랑하는 타순이었다.

스기노 토모유키가 5회만 잘 막아준다면 7회까지는 별다른 위기 없이 마운드를 지킬 가능성이 높았다.

한국의 하위 타선은 성급하게 방망이를 휘둘러 댔다.

세대교체를 단행한 한국의 테이블 세터 역시 아직까지 스기노 토모유키의 변화무쌍한 투구에 적응하지 못하는 느낌이었다.

4번 박병훈.

그리고 5번 강준호.

한국이 자랑하는 메이저리거 거포들을 잡아낸다면 한정훈이 끌어올린 분위기에 다시 찬물을 끼얹을 수 있었다.

오쿠보 유키 감독은 스기노 토모유키라면 그 역할을 충분히 해줄 것이라고 기대했다.

하지만.

따악!

초구에 던진 원심 패스트볼이 제대로 채이지 못하면서 박병훈의 방망이에 걸려 버리고 말았다.

—큽니다! 쭉쭉 뻗어 날아갑니다!

—이거 넘어갔는데요?

—중견수 뒤로! 중견수 뒤로! 중견수우우우우! 넘어갑니다! 박병훈! 한국의 4번 타자 박병훈 선수가 0의 행진에 종지부를 찍습니다!

도쿄 돔 전광판을 직격한 어마어마한 홈런에 한국 중계석에서 비명이 터져 나왔다.

반면 일본 중계석은 침통함을 감추지 못했다.

—아아, 스기노 토모유키. 어처구니없는 공을 던졌습니다.

—원심 패스트볼인데 공이 몰렸습니다. 게다가 움직임도 좋지 않았고요.

—박병훈이 잘 쳤다기보다는 공이 알아서 방망이 중심에 부딪힌 느낌입니다.

—스기노 토모유키의 공이 제대로 제구가 됐다면 평범한 3루 땅볼이 됐을 텐데 안타깝습니다.

정신을 바짝 차린 스기노 토모유키는 5번 타자 강준호를 유격수 땅볼로 유도하며 한숨을 돌렸다.

그리고 6번 타자 나성검을 삼진으로 돌려세우며 홈런의 충격에서 벗어나는 모습을 보여주었다.

하지만 투 스트라이크 원 볼 상황에서 7번 타자 황철민을 성급히 상대한 게 화근이 됐다.

삼진을 잡아내기 위해 내던진 바깥쪽 원심 패스트볼이 또다시 말을 듣지 않으면서 황철민의 국제 대회 첫 홈런을 안겨준 것이다.

—큽니다! 이번에는 좌익수가 뒤로 내달립니다!

—하하, 이것도 넘어간 거 같은데요?

—좌익수 뒤로! 좌익수 뒤로! 넘어가느냐……! 넘어갔습니다. 홈런!

배팅 타이밍은 늦었지만 방망이 중심부에 제대로 걸린 타구는 3루 파울 선상에 걸쳐 아슬아슬하게 담장을 넘어갔다.

마지막 순간 좌익수 하리타 료스케가 펜스 앞에서 힘껏 뛰어올라 봤지만 타구는 글러브 위를 살짝 스쳐 지나가 버렸다.

그렇게 점수 차이는 순식간에 두 점 차까지 벌어졌다.

그리고 기세는 완전히 한국 대표팀 쪽으로 넘어와 버렸다.

“수고했다.”

더 이상의 실점은 어렵다고 판단한 오쿠보 유키 감독은 스기노 토모유키를 강판시키고 불펜을 동원했다.

갑작스럽게 몸을 풀고 올라온 노리토모 다카히로는 8번 타자 박기완을 풀카운트 접전 끝에 중견수 플라이로 유도하고 이닝을 마쳤다.

이어 6회 초에도 마운드에 올라 9번 타자 오지완과 1번 타자 서건하, 2번 타자 구자운을 삼자범퇴로 돌려세우며 꺼지려는 희망의 불씨를 되 지폈다.

하지만 애석하게도 일본 대표팀 타자들은 마운드의 기대에 부응하지 못했다.

4회에 이어 5회, 6회까지 무기력한 모습을 보이며 한정훈의 탈삼진 숫자만 늘려주고 말았다.

그리고 7회 초.

3번 타자 김현우가 노리모토 다카히로의 초구를 공략해 2루타를 때려내면서 다시 한 번 도쿄 돔이 술렁이기 시작했다.

“야마사키! 네 차례다!”

오쿠보 유키 감독은 곧바로 노리모토 다카히로를 강판시키고 오코하마의 마무리투수인 야마사키 아스야키를 호출했다.

올 시즌까지 6년 연속 30세이브에 도전하고 있는 야마사키 아스야키라면 무사 2루 위기를 충분히 막아내 줄 것이라 기대했다.

"메이저리그 스카우터들이 보고 있다."

야마사키 아스야키도 의욕을 불태웠다.

자신이 원하던 9회 초 세이브 상황은 아니었지만 어떻게든 이 위기를 극복해 내 내년 시즌 메이저리그에서 뛰고 싶은 마음이 앞섰다.

그래서일까.

어렵게 승부하자는 포수 나카무라 요헤이의 요구를 거절한 채 초구부터 포심 패스트볼 그립을 잡았다.

그리고 타석에 선 박병훈의 몸 쪽으로 있는 힘껏 내던졌다.

최고 구속 154㎞/h에 달하는 묵직한 패스트볼은 일본 리그 내에서도 언터처블이라 불릴 정도였다.

하지만 메이저리그에서 수많은 강속구를 봐왔던 박병훈은 기다렸다는 듯이 방망이를 휘둘렀다.

생각보다 공이 빨라 방망이의 안쪽 부분에 맞았지만 박병훈은 눈 하나 까딱하지 않고 힘으로 밀어냈다.

그리고 기어코 중견수 앞에 타구를 떨어뜨렸다.

"돌아! 돌아!"

2-3루 간에 서서 타구의 위치를 확인한 김현우가 재빨리 3루로 내달렸다.

그러자 3루 코치가 팔을 휘돌렸다.

아슬아슬하긴 했지만 여기서 한 점을 더 추가한다면 승기를 굳힐 수 있다고 판단한 것이다.

"으아아아!"

김현우가 3루를 돌아 홈으로 달려들었다.

그 모습을 본 중견수 오코에 루이스가 기다렸다는 듯이 포수를 향해 공을 내던졌다.

후욱!

올 시즌 12개의 보살을 기록하며 강견으로 손꼽히는 오코에 루이스의 송구는 확실히 빨랐다.

하지만 방향이 좋지 않았다.

게다가 공에 슬라이스가 걸리면서 홈 플레이트 오른쪽으로 공이 치우쳐 버렸다.

그사이 김현우가 득달같이 헤드 퍼스트 슬라이딩을 감행했다.

촤르르륵!

흙먼지와 함께 홈 플레이트에 먼저 도달한 건 김현우의 손바닥이었다.

포수 나카무라 요헤이가 포구와 동시에 글러브를 가져다 댔지만 판정을 뒤엎지는 못했다.

"세이프!"

구심의 판정과 함께 도쿄 돔 곳곳에서 탄성이 터져 나왔다.

그러는 동안 박병훈은 영리하게 2루를 파고들었다.

"이런!"

뒤늦게 나카무라 요헤이가 포구 동작을 취했지만 공을 던지지는 못했다.

그렇게 또다시 무사 2루 상황이 만들어졌다.

"젠장할!"

야마사키 아스야키가 신경질적으로 마운드를 걷어찼다.

그러고는 신경질적으로 오코에 루이스를 노려봤다.

오코에 루이스가 조금만 더 전진 수비를 했더라면 잡을 수 있었을 텐데.

아니, 오코에 루이스가 제대로 중계 플레이만 했더라도 김현우가 홈으로 들어오는 걸 막을 수 있었을 텐데.

평소였다면 하지 않았을 불만들이 벌게진 얼굴을 통해 드러났다.

"하아……."

그 모습을 지켜보던 오쿠보 유키 감독은 무겁게 한숨을 내쉬었다.

야마사키 아스야키가 분위기를 다잡아주길 바랐는데 오히려 적시타를 허용했으니 난감하기만 했다.

그렇다고 야마사키 아스야키를 내릴 수도 없는 노릇이었다.

그건 장차 일본의 수호신으로 성장할 가능성이 높은 야마사키 아스야키의 자존심을 꺾는 짓이었다.

"조금 더 끌고 가야 해."

오쿠보 유키 감독이 애써 흥분을 가라앉혔다.

그리고 상황을 냉정하게 판단했다.

김현우가 홈에 들어오면서 스코어는 3 대 0이 됐다.

상대 투수가 한정훈이라는 걸 감안했을 때 쉽게 따라잡기 어려운 점수 차이였다.

인정하기 어렵지만 경기는 이미 기울었다고 봐도 무방했다.

그렇다면 죽이 되든 밥이 되든 야마사키 아스야키에게 맡기는 게 최선이었다.

대신 야마사키 아스야키의 부담을 덜어줄 필요는 있었다.

야마사키 아스야키가 마지막까지 책임감을 가지고 투구하도록 벤치가 신뢰의 사인을 보여줘야 했다.

오쿠보 유키 감독은 오코에 루이스를 빼고 유키 나스히로를 투입했다.

교체 통보를 받은 오코에 루이스가 억울하다는 표정을 지었지만 어쩔 수가 없었다.

지금은 팀을 위해 누군가가 희생해야 하는 상황이었다.

"뭐야? 오코에를 왜 빼는 거야?"

"안타를 맞은 건 야마사키잖아!"

"지금 혼혈이라고 차별하는 거야, 뭐야?"

갑작스러운 선수 교체에 관중들이 술렁거렸다.

일본 야구팬들은 97년생인 오코에 루이스가 일본 대표팀을 이끌 리드오프로 성장해 주길 바랐다.

그런 바람들이 모여 오코에 루이스의 대표팀 승선이 이루어졌다고 해도 과언이 아니었다.

그런데 고작 송구 실수 하나 했다고 질책성 교체를 단행하다니.

이건 오코에 루이스를 기죽이는 것이나 다름없었다.

"오쿠보! 대체 뭘 하는 거야!"

"벌써 경기를 포기할 셈이냐!"

쏟아지는 자국 관중들의 야유 속에서 경기가 속개됐다.

그리고 5번 타자 강준호가 타석에 들어왔다.

'여기서 강준호와 승부하는 건 위험해.'

벤치와 의견을 교환한 포수 나카무라 요헤이는 자리에서 일어나 거르자는 신호를 보냈다.

메이저리거인 강준호보다 6번부터 이어지는 한국 대표팀의 하위 타선을 상대하는 편이 낫다고 판단한 것이다.

"젠장할."

야마사키 아스야키도 마지못해 고개를 주억거렸다.

그렇게 고의사구를 얻어낸 강준호가 1루 베이스를 채웠다.

무사 1, 2루.

이어지는 득점권 기회에서 6번 타자 나성검이 타석에 들어섰다.

"후우……. 제발 하나만 걸려라."

한 방 능력을 인정받아 6번 타순에 배치됐음에도 나성검은 이번 타석 전까지 5타석 동안 안타를 신고하지 못하고 있었다.

그래서일까. 야마사키 아스야키가 내던진 패스트볼에 타이밍을 맞추지 못하고 연거푸 헛스윙을 했다.

'삼진도 좋지만 땅볼을 유도하는 게 더 낫겠어.'

타석에서 조급해하는 나성검을 힐끔 바라본 포수 나카무라 요헤이가 한가운데로 떨어지는 포크볼 사인을 냈다.

투 스트라이크 상황에서 나성검이 제대로 된 스윙을 가져가기는 어려울 터.

요행이 공을 건드린다고 해도 땅볼 타구가 나올 가능성이 높다고 판단했다.

야마사키 아스야키도 고개를 주억거렸다.

그러면서도 평소보다 공을 깊게 끼워 넣었다.

땅볼을 통해 더블플레이를 유도하는 것도 좋지만 그러기에는 기껏 잡아놓은 투 스트라이크가 아까웠다.

'병살이야 다음 타자에게 유도해도 되는 거고 무브먼트가 좋아서 헛스윙을 하는 건 내 잘못이 아니니까.'

나성검의 방망이가 시원하게 허공을 가르길 바라며 야마사키 아스야키가 있는 힘껏 공을 내던졌다.

그런데.

"……!"

마지막 순간에 공이 야마사키 아스야키의 손가락에서 빠져 버렸다.

그리고 한가운데로 밋밋하게 날아들었다.

'이게 웬 떡이냐!'

나성검이 기다렸다는 듯이 방망이를 휘돌렸다.

따악!

요란스러운 방망이 소리와 함께 타구가 쭉쭉 뻗어 좌측 담장을 넘겨 버렸다.

—넘어갔습니다! 홈런! 쓰리런 홈런!

—나성검 선수, 드디어 한 건 해주네요.

—박병훈 선수와 강준호 선수에 이어 나성검 선수까지 홈을 밟으며 점수는 6 대 0. 대한민국이 앞서갑니다!

나성검에게 예상치 못한 일격을 허용한 야마사키 아스야키는 크게 흔들렸다.

7번 타자 황철민에게 2루타를 허용한 뒤 8번 타자 박기완을 몸에 맞추며 또다시 무사 1, 2루 위기를 자초했다.

"미치겠군."

보다 못한 오쿠보 유키 감독이 나서서 수습에 나섰지만 늦어도 너무 늦어버렸다.

뒤이어 등판한 아츠이 유키를 상대로 9번 타자 오지완이 번트를 성공시킨 뒤 1번 타자 서건하와 2번 타자 구자운이 연속 안타를 때려내며 점수 차이를 8점으로 벌렸다.

뒤이어 타석에 들어선 3번 타자 김현우가 힘껏 잡아당긴 공이 1루수 직선타로 잡히고 1루 주자 구자운까지 아웃되며 다소 허무하게 이닝이 끝나긴 했지만 승기는 완전히 한국 대표팀 쪽으로 넘어온 뒤였다.

"정훈아, 이번 이닝까지만 부탁하마."

김인선 감독은 곧바로 불펜을 준비시켰다.

8점 차 리드 상황에서 에이스인 한정훈을 굳이 무리시킬 필요는 없다고 판단했다.

한정훈은 가벼운 마음으로 마운드에 올라 공 5개로 아키야마 신고-유키 나스히로-야마야 데쓰토를 상대했다.

공교롭게도 세 타자 모두 한정훈이 던진 J-스플리터를 건드렸다가 땅볼로 물러났다.

7이닝을 피안타, 사사구 없이 무실점으로 틀어막는 동안 던진 공은 총 51개.

그리고 탈삼진은 무려 10개.

한정훈이 당당하게 마운드를 내려가자 경기를 지켜보고 있던 메이저리그 스카우터들이 기다렸다는 듯이 입을 열어 댔다.

"하아, 미치겠군. 잘해도 적당히 잘해야지 저건 너무하잖아."

"그러게 말야. 지금도 몸값이 부담스러워 죽겠는데 저렇게 잘하면 어쩌자는 거야?"

스몰 마켓팀 스카우터들은 불만을 감추지 못했다.

그저 중간 점검 차원쯤으로만 여겼던 올림픽에서 설마하니 한정훈이 165㎞/h의 강속구를 선보일 줄은 예상하지 못한 것이다.

"한정훈이 103마일의 공을 경기 후반까지 계속 던질 수 있을까?"

어슬래틱스 스카우터가 물었다.

그러자 말린스 스카우터가 말도 안 된다는 표정을 지었다.

"한정훈이 그 정도 체력을 가지고 있었다면 진즉 103마일짜리 공을 던졌겠지. 그리고 그건 동양인에게는 불가능에 가까운 일이라고. 한정훈은 지금처럼 던지는 것도 기적이야."

스카우터들이 인정하는 한정훈의 포심 패스트볼 평균 구속은 98mile/h(≒157.7㎞/h).

최고 구속은 100mile/h(≒160.9㎞/h)였다.

이 자체만으로도 메이저리그 전체 투수 중 첫 손에 꼽힐 정도였다.

그런데 한정훈의 최고 구속이 103mile/h(≒165.8㎞/h)으로 오르고 그 공을 경기 후반까지 어렵지 않게 뿌려댄다면 덩달아 평균 구속도 100mile/h을 상회하게 될 수밖에 없었다.

최고 구속 100mile/h과 평균 구속 100mile/h은 엄청난 차이가 있었다.

실례로 최고 구속 100mile/h의 투수는 메이저리그에도 많았다.

하지만 70구, 80구 이상 던진 이후에도 100mile/h의 공을 유지하는 투수들은 없다시피 했다.

당연하게도 가장 빠른 공으로 100mile/h을 던지는 투수와 시종일관 100mile/h의 공을 뿌려댈 수 있는 투수의 가치는 차이가 날 수밖에 없었다.

"이렇게 되면 한정훈의 포심 패스트볼은 80점을 주기도 어렵잖아."

"그러게 말이야. 한정훈의 103마일짜리 포심 패스트볼이 80점이면…… 다른 투수들은 몇 점을 까야 하는 거야?"

몇몇 스카우터는 한정훈에 대한 보고를 놓고 고민에 빠졌다.

메이저리그에서 흔히 쓰는 20-80평가법으로는 한정훈의 진가를 제대로 설명하기 어렵다는 것이다.

그래서 일부 빅 마켓 구단 스카우터들은 아예 한정훈만을 위한 전용 평가 테이블을 만들어 둔 상태였다.

하지만 그들조차도 새로 등장한 두 개의 패스트볼을 두고 고심하지 않을 수 없었다.

"J-스플리터는 최소 70점은 줘야 하지 않을까?"

"70점? 지금 하는 말 녹음했다가 나중에 한정훈에게 들려

줘도 상관없는 거야?"

"젠장! 농담이야, 농담. 75점. 솔직히 오늘 본 몇 개 가지고는 80점을 주기 어렵다고."

"그게 무슨 상관이야? 손재주 좋은 한정훈이라면 어차피 완벽한 구종으로 만들어 놓을 텐데."

"하긴, 나도 올해 달라진 스플리터를 보고 깜짝 놀랐으니까."

"문제는 J-스플리터가 아니야. 솔직히 J-스플리터는 빼버려도 상관없어. 중요한 건 103마일짜리 공이지."

"103마일짜리 공은 포심이잖아?"

"포심이긴 한데 지금까지 던진 공들과 궤적이 조금 달라. 기존의 포심 패스트볼이 타자의 눈앞에서 솟아오르는, 흔히 말하는 라이징성 느낌이라면 103마일짜리 공은 일반적인 포심 패스트볼의 궤적과 유사해."

"그럼 한정훈이 서로 다른 포심 패스트볼을 던진다는 말이야?"

"그걸 모르겠다는 거야. 저 공이 점점 진화해서 기존의 패스트볼 같은 무브먼트를 보일지, 아니면 아예 다른 스타일의 구종으로 남을지 확신하기 어렵다고."

보스턴의 스카우트 하나가 민머리를 벅벅 긁어댔다.

한정훈이 오늘 보여준 103마일짜리 패스트볼이 왠지 완전하지 않다는 느낌을 지우기 어려웠다.

그러자 옆에 있던 레인저스의 스카우터가 쓸데없는 걱정을 한다는 표정을 지었다.

"그게 무슨 상관이야? 한정훈의 포심 패스트볼은 지금도 충분히 훌륭해. 거기에 103마일짜리 패스트볼을 섞어 던진다고 생각해 봐. 그 자체만으로도 타자들은 미쳐 버릴걸?"

"하긴, 구속이 다른 패스트볼이 서로 다른 궤적을 그리며 날아든다면 타자들도 제대로 대응하진 못할 거야."

다저스의 스카우터도 동의하듯 고개를 끄덕거렸다.

103mile/h의 패스트볼 염두에 두면서 동시에 100mile/h대 패스트볼을 공략해야 한다는 건 말처럼 간단한 일이 아니었다.

"양키즈! 그쪽 생각은 어때?"

보스턴 스카우터가 잠자코 있던 양키즈 스카우터를 끌어들였다.

"글쎄, 난들 아나."

양키즈 스카우터는 어깨를 으쓱거렸다.

마치 한정훈의 패스트볼 논쟁에는 아무런 관심이 없는 것처럼 굴었다.

하지만 한정훈에 대한 데이터를 누구보다 많이 알고 있다고 자부하고 있는 그는 어렴풋이 정답을 알고 있었다.

'멍청이들. 한정훈의 포심 패스트볼은 예전에도 두 종류였다고.'

프로에 들어오기 전에도 한정훈은 두 종류의 포심 패스트볼을 구사했다.

빠르면서 낮게 깔려 들어가는 포심 패스트볼과 무브먼트가 좋은 포심 패스트볼.

한동안 한정훈은 이 두 가지 포심 패스트볼을 나눠 던졌다.

평소에는 일반적인 포심 패스트볼을 던지다 중요한 승부처에서만 솟구치는 포심 패스트볼을 구사했다.

그러던 게 프로에 들어온 이후 두 구종이 합쳐졌다.

빠르면서도 무브먼트도 좋은 한정훈표 포심 패스트볼이 완성된 것이다.

양키즈 스카우트는 한정훈이라면 또다시 패스트볼의 진화를 이뤄낼 것이라고 확신했다.

그리고 머릿속으로 그 말도 안 되는 포심 패스트볼을 상상했다.

'100마일로도 모자라 103마일짜리 포심 패스트볼이 순식간에 머리 뒤편으로 날아가 버린다면? 크으! 이건 타자들이 약물을 빨고 덤벼도 때려내기 쉽지 않을 거야.'

양키즈 스카우터가 자신도 모르게 주먹을 움켜쥐었다.

순간 손아귀를 적신 땀방울이 주룩 하고 흘러내렸다.

'이러고 있을 게 아니야. 빨리 이 사실을 알려야 해.'

양키즈 스카우터는 함께 온 다른 스카우터에게 경기 분석을 맡긴 채 경기장 밖으로 몸을 돌렸다.

그러자 보스턴 스카우터를 비롯한 빅 마켓 스카우터들이 기다렸다는 듯이 자리를 떠났다.

—아아, 한정훈 선수가 아이싱하는 모습이 포착되자마자 메이저리그 스카우터들이 경기장을 나서는데요.

—하하, 뭐 볼 건 다 봤다는 거겠죠.

—설마 저 많은 메이저리그 스카우터들이 한정훈 선수 한 명을 보기 위해 왔다는 말씀이신가요?

—겸사겸사 왔을 겁니다. 다만 지금 자리를 비운 스카우터들은 한정훈 선수 전담 스카우터인 게 틀림없습니다.

—와우, 메이저리그 구단에서 한정훈 선수만을 위해 특별히 전담 스카우터를을 붙였다는 게 사실이군요?

—야구팬분들도 다들 아는 이야기니까요. 새삼스러울 것도 없죠.

—그럼 저 스카우터들은 한정훈 선수의 일거수일투족을 감시하는 건가요?

—처음에야 그랬겠지만 한정훈 선수가 워낙 야구밖에 몰라서요. 어쩌면 지금은 서로서로 감시하느라 바쁠 거 같습니다. 혹시라도 한정훈 선수와 은밀하게 접촉하지 못하도록 말이죠.

한국팀의 리드에 서재훈의 우스갯소리까지 더해지면서 한국 중계석은 더욱 화기애애하게 변했다.

반면 일본 중계석은 해설위원들의 열정이 실종되어버린 상태였다.

—아타요시 카즈키, 한국의 나성검을 삼진으로 돌려세우며 이닝을 마칩니다.

—좋은 투구였네요.

—잘 던졌습니다.

—그, 그렇군요. 8회 말 타순이 야니기타 유이부터 시작하는데요. 충분히 역전을 노려볼 수 있지 않을까요?

—글쎄요.

—한정훈이 내려가긴 했지만 쉽지 않을 거 같습니다.

도쿄 올림픽을 맞아 특별히 초빙했던 일본 해설위원들은 캐스터의 질문에 성의 없는 대답으로 일관했다.

모르는 이들이 들었다면 방송 사고가 난 것이라 오해할 정도였다.

다행히 8회 말 선두 타자로 나선 4번 타자 야니기타 유이가 바뀐 투수 성진우의 초구를 공략해 솔로 홈런을 때려내면서 점수를 8 대 1로 만들었다.

뒤이어 5번 타자 나키타 쇼우와 6번 타자 시가모토 하야트의 연속 2루타가 이어지면서 점수는 여섯 점 차까지 좁혀졌다.

여차하면 흐름이 넘어갈 수 있다고 판단한 김인선 감독은 신동섭을 올렸다.

신동섭은 7번 타자 하리타 료스케를 사사구로 내보냈지만 8번 타자 나카무라 요헤이를 삼진으로 돌려세운 뒤 9번 타자 나카시마 타카야를 땅볼로 유도해 6-4-3 더블플레이로 이닝을 마쳤다.

그리고 이어지는 9회 초.

따악!

대표팀 타자 중 가장 좋은 타격 컨디션을 보이고 있는 황철민이 또다시 솔로 포를 날리며 점수 차이를 다시 벌려 놓았다.

그 한 방으로 일본의 추격 의지는 완전히 꺾이고 말았다.

9회 말, 7점 차 리드 속에서 한국은 이승민을 마무리투수로 투입했다.

이승민은 선배 강의지와 호흡을 맞추며 세 타자를 깔끔하게 돌려세워 성인 국가대표팀 데뷔전을 성공적으로 치렀다.

경기 최종 스코어는 9 대 2.

한국 대표팀의 일방적인 승리였다.

승리투수는 한정훈.

경기 MVP도 한정훈이었다.

3

한일전 이후 한국과 일본의 경기력은 완전히 엇갈렸다.

한국은 29일 네덜란드를 상대로 11 대 1, 7회 콜드게임 승리를 거두었다.

선발로 나선 김강현이 7이닝 6피안타 1실점으로 호투하며 팀의 승리를 이끌어냈다.

이어 1일 도미니카 공화국과의 일전에서도 중심 타선의 맹활약 속에 7 대 5, 두 점 차 신승을 거두었다.

선발투수 이대양이 5이닝 5실점 하며 부진했지만 하루 쉬며 재충전에 성공한 불펜진이 도미니카 공화국 타자들을 꽁꽁 틀어막고 경기를 마무리 지었다.

2일 열린 베네수엘라와의 경기에서는 선발 양현중의 호투가 빛났다.

7이닝 동안 무려 10개의 탈삼진을 뽑아내며 메이저리그 스카우터들을 술렁이게 만들었다.

타석에서는 메이저리그를 노리는 나성검과 구자운이 3안타를 몰아치며 쉴 새 없이 밥상을 차렸고 메이저리그 듀오 박병훈과 강준호가 타점을 쓸어 담으며 7 대 1, 여섯 점 차 승리를 거두었다.

그리고 한국 대표팀을 예선 리그 1위로 올려놓았다.

국가마다 5차전까지 진행된 상황에서 전승을 기록한 건

한국뿐이었다.

우승 후보라 불리던 미국은 일본에 이어 대만에게까지 일격을 당하며 3승 2패로 공동 3위로 밀려났다.

일본과 대만이 내세운 에이스 오타니 쇼헤와 천 웨이안의 벽을 넘지 못한 것이다.

첫 경기에서 한국에 패했던 대만은 미국을 잡는 변수를 일으키며 3승 2패의 성적으로 본선을 바라볼 수 있게 됐다.

반면 메이저리그 선수들의 대거 합류로 다크호스라 불렸던 도미니카 공화국과 베네수엘라는 생각만큼 시너지 효과를 내지 못하면서 2승 3패, 공동 5위로 처졌다.

아마 최강국이라 불리던 쿠바가 1승 4패로 7위.

네덜란드가 전패로 최하위에 머물렀다.

개최국 일본은 4승 1패로 한국에 이어 2위에 올랐지만 형편없는 득점 지원으로 여론의 뭇매를 맞는 상황이었다.

한국전 이후 대만전과 미국전, 네덜란드전까지 경기당 1.67점밖에 뽑아내지 못한 것이다.

다행히도 투수들이 분전하며(미국전 1실점, 대만전과 네덜란드전은 무실점) 승리를 따내긴 했지만 그 모습은 역대 최강급이라던 호들갑과는 상당한 차이를 보였다.

타자들의 집단 부진이 이어지자 일본 대표팀도 딜레마에 빠졌다.

올림픽 본선은 풀 리그 성적 1위와 4위, 2위와 3위 국가가 준결승을 치르는 방식이었다.

다른 나라들처럼 일본 대표팀도 1위로 본선에 올라 4위팀과 수월하게 준결승을 치르고 결승에 오른다는 계산을 가지고 있었다.

하지만 한일전에서 패배하면서 1위 확보는 요원해졌다.

남은 두 경기에서 한국이 지길 바라는 것도 쉽지 않았다.

바로 다음 경기에 한정훈이 등판하기 때문이었다.

한국이 설사 한 경기를 지더라도 승자승 원칙에 따라 일본이 1위를 할 가능성은 없었다.

그러나 일본 언론은 아직 예선전이 끝난 게 아니라며 일본의 1위 탈환 가능성을 쉬지 않고 떠들어 댔다.

"국민들의 성원에 보답하기 위해 최선을 다하겠습니다."

오쿠보 유키 감독도 언론과의 인터뷰에서 1위를 포기하지 않겠다는 뜻을 밝혔다.

자연스럽게 선수들의 부담은 커져만 갔다.

1위를 해야 한다는 부담감은 조급함으로 이어졌다.

그리고 그 조급함이 결국 일을 망치고야 말았다.

2일 도쿄 돔에서 열린 쿠바와의 6차전에서 일본은 1 대 6으로 패배하고 말았다.

선발 스기노 토모유키가 3회를 버티지 못하고 5실점 하고 무너지면서 초반에 승기를 완전히 빼앗긴 결과였다.

같은 시각 도쿄 진구 구장에서 열린 경기에는 베네수엘라가 대만을 8 대 3으로 따돌렸다.

베네수엘라가 그토록 자랑하던 메이저리그 타선이 드디어 폭발하면서 대만 투수진을 붕괴시켜 버린 것이다.

아직 오후 경기가 치러지지 않은 상황에서 순위표는 혼전 양상으로 치달았다.

2위 일본(4승 2패)과 공동 4위 대만, 베네수엘라(3승 3패)가 한 경기 차이로 좁혀져 버렸다.

여기에 네덜란드를 상대하는 도미니카 공화국이 가세할 경우 쿠바와 네덜란드를 제외한 5개국이 본선 진출을 놓고 다투는 상황이 만들어질 수밖에 없었다.

“어떻게든 이겨야 해.”

미국 대표팀 감독은 주먹을 움켜쥐었다.

샌드위치처럼 끼어버린 순위표에서 벗어나 숨을 돌리려면 한국과의 일전에서 기필코 승리해야만 했다.

그러나 애석하게도 선수 대진운이 좋지 않았다.

한국이라는 나라 자체는 한번 해볼 만했지만 선발투수가 문제였다.

펑!

초구부터 진구 구장 전광판에 166km/h를 새겨 넣으며 자신의 최고 구속을 갱신해 버린 한정훈의 인정사정없는 피칭 앞에 미국 대표팀 타자들은 6회까지 1안타 빈공에 시달려야 했다.

반면 투수들은 나왔다 하면 홈런을 허용하며 완봉패의 빌미를 제공했다.

최종 스코어 5 대 0. 한국의 승리.

그리고 도쿄 돔에서 열린 경기에서 도미니카 공화국이 네덜란드 대표팀을 9 대 3으로 따돌리며 본선 티켓 전쟁의 막을 열었다.

2위 일본 4승 2패.

3위 미국 3승 3패.

3위 대만 3승 3패.

3위 베네수엘라 3승 3패.

3위 도미니카 공화국 3승 3패.

5개국 중 가장 유리한 고지를 차지한 건 일본이었다.

최종전에서 패배하더라도 최소한 조 4위로 본선에 오를 수 있었다.

그러나 일본 대표팀은 베네수엘라와의 경기에서 필승 의지를 다졌다.

최악의 경우 4위에 머물러 한국과 준결승전을 치를 경우 한정훈을 상대해야 할지도 모르기 때문이었다.

2일 미국전을 치른 한정훈의 다음 등판 예정은 7일 결승전(혹은 3, 4위전).

하지만 만에 하나 일본이 준결승전 파트너로 결정이 될 경우 한국 대표팀에서 한정훈을 사흘 휴식 후 선발 등판시키는 강수를 둘 가능성도 배제할 수 없었다.

지난 미국전에서 한정훈의 투구 이닝을 6회로 제한했다는 것도 그 가능성을 뒷받침했다.

투구 수가 고작 55구에 불과한 만큼 사흘을 쉬고 준결승전에 올라도 까다로울 수밖에 없는 것이다.

"승리를 위해 총력전을 펼치겠습니다."

오쿠보 유키 감독은 준결승전 선발 예정인 하리모토 쇼타와 결승전 선발 예정인 오타니 쇼헤를 제외한 모든 선수를 경기에 투입시키겠다는 뜻을 밝혔다.

그리고 베네수엘라를 상대로 위기 때마다 투수를 바꾸며 2 대 1 한 점 차 리드를 지켜냈다.

대만도 신성 왕 웨이룬의 8이닝 2실점 활약 속에 네덜란드를 7 대 2로 제치고 4승째를 챙겼다.

오후에 열린 미국과 도미니카 공화국 간의 경기는 화끈한 타격전 양상으로 진행됐다.

양 팀 통틀어 13명의 투수가 투입될 만큼 쉴 새 없이 점수들이 터져 나온 것이다.

결국 경기는 9회 말 미국 대표팀의 4번 타자 놀란 아레나스가 끝내기 홈런을 때려내면서 미국의 11 대 10, 한 점 차 승리로 끝이 났다.

그러나 미국 언론은 미국과 도미니카 공화국 두 나라 모두 패배한 경기라고 혹평을 쏟아냈다.

한국은 예선 탈락이 확정된 쿠바를 상대로 후보급 선수들을 투입하며 4 대 2로 승리를 거두었다.

쿠바 역시 후보 선수들을 경기에 내세웠기 때문에 특별한 경기 양상은 나오지 않았다.

그렇게 예선 풀 리그가 모두 끝이 났다. 그리고 이틀의 휴식 후 도쿄 돔에서 한국 대표팀과 미국 대표팀 간의 준결승전이 열렸다.

59장
한정훈 vs 오타니

"하필이면 한국이라니."

"그러게 말입니다. 하아, 정말 골치 아프게 됐어요."

한국과 미국의 준결승전이 결정되자 메이저리그 구단 관계자들은 당혹감을 감추지 못했다.

국적을 떠나 메이저리그 구단 관계자라면 대승적인 차원에서라도 미국의 승리를 응원하는 게 옳았다.

야구 종주국을 자처하며 메이저리그라는 세계 최고의 리그를 보유한 미국이 12년 만에 열린 올림픽에서 결승 진출에 실패한다는 건 치욕이나 다름없었다.

그러나 한정훈의 해외 진출 조건을 감안한다면 무작정 미국을 응원할 수도 없는 상황이었다.

“한정훈이 이번 올림픽에서 채워야 할 점수가 몇 점이지?”

“90점으로 알고 있습니다.”

“그걸 올림픽으로 다 채울 수 있는 거야?”

“한국이 우승한다면 가능하다고 알고 있습니다.”

한정훈이 내년 말 메이저리그에 진출하기 위해서는 국제 대회 참가를 통해 총 130점을 획득해야 했다.

그중 아시안 게임 금메달을 통해 확보한 점수는 40점뿐.

남은 90점을 다른 국제 대회를 통해 채워 넣어야 하는 상황이었다.

만약 한국이 올림픽에서 우승을 한다면 한정훈은 정확하게 90점의 국가대표 포인트를 얻게 된다.

대표팀에 선발되면서 20점.

금메달 획득으로 60점.

다시 성적 우수 선수로 10점.

이렇게 90점을 채워 넣으면 한정훈은 당당히 내년 말 메이저리그 진출을 선언할 수 있었다.

하지만 반대로 미국이 준결승에서 한국을 꺾는다면 이야기는 달라진다.

한국 대표팀은 미국전 선발투수로 양현중을 예고한 상태였다.

에이스인 한정훈을 일본과의 결승전에 준비시키겠다는 것이었다.

한국 대표팀이 호기를 부릴 만큼 미국 대표팀의 전력은 정상이 아니었다.

메이저리그 선수들이 대거 불참할 때부터 전력 약화는 피하기 어려웠지만 그중에서도 투수들은 심각한 수준이었다.

특히나 제구가 불안한 선발투수들은 경기 초반부터 사사구를 남발하며 실점을 허용했다.

그나마 타자들의 방망이로 버티고는 있지만 일본에 이어 최소 실점 2위를 달리는 한국의 마운드를 상대로 다득점에 성공할 가능성은 그리 높아 보이지 않았다.

그러나 미국 대표팀의 입장에서 봤을 때도 한정훈이 아닌 양현중은 충분히 해볼 만한 상대였다.

양현중의 기세가 뜨겁긴 하지만 장타력을 갖춘 미국 타선이 폭발할 경우 경기가 어떻게 흘러갈지는 그 누구도 장담하기 어려웠다.

그리고 정말로 미국이 한국을 잡아낸다면 한정훈의 해외 진출 연한 셈법은 복잡해질 수밖에 없었다.

한국이 동메달을 획득할 경우 한정훈이 얻을 수 있는 최대 점수는 50점.

한국이 4위에 머무를 경우 한정훈이 얻을 수 있는 최대 점수는 30점.

어느 쪽이든 한정훈이 올림픽을 통해 해외 진출 연한을 2년 단축하는 건 불가능했다.

이 경우 한정훈은 필연적으로 내년 말에 열리는 월드 베이스볼 클래식에 참가해야 했다.

그리고 부족한 포인트를 확보하기 위해 한국 대표팀을 4강 이상으로 끌어올려야 했다.

하지만 현존하는 최고 수준의 국제 대회인 월드 베이스볼 클래식에서 한국 대표팀의 4강을 자신하기란 쉽지 않았다.

그마저도 한국 대표팀이 올림픽에서 동메달을 획득했을 때의 이야기다.

만에 하나 일본마저 대만에 덜미를 잡히며 3, 4위전이 한일전으로 치러지고 한정훈과 오타니 쇼헤의 빅매치가 성사될 경우 한국 대표팀의 승리를 낙관하기란 쉽지 않았다.

한국 대표팀이 한정훈을 내세우고도 올림픽 메달 획득에 실패하면 한정훈의 내년 메이저리그 진출은 불투명해진다.

부족한 60점을 채우려면 월드 베이스볼 클래식에서 우승(65점 획득)을 해야 하는데 그게 말처럼 쉬운 일이 아니기 때문이다.

올림픽에서의 부진에 충격을 받은 미국 언론들은 벌써부터 내년도 월드 베이스볼 클래식에서 초호화 멤버를 구성해야 한다고 열을 올렸다.

미국 국적의 메이저리거들도 월드 베이스볼 클래식이라면

참가하고 싶다는 뜻을 밝히고 있었다.

만에 하나 미국이 2017년에 이어 올스타 멤버를 구성해 월드 베이스볼 2연패에 나선다면 다른 참가국들도 전력 강화에 열을 올리게 될 것이다.

자연히 경쟁도 치열해질 터.

그만큼 한국의 우승 가능성도 낮아질 수밖에 없었다.

"한정훈이 내년에 메이저리그에 오려면 한국 대표팀이 최소한 은메달은 따야 합니다."

"한정훈이 등판하지 않는 이번 경기가 가장 위험합니다. 한국이 결승에 오른다면 우승을 할 가능성이 높습니다."

메이저리그 관계자들은 미국이 한국을 잡고 한정훈의 메이저리그 진출에 훼방을 놓지 않을까 걱정했다.

그러나 정작 경기는 메이저리그 관계자들의 걱정을 머쓱하게 만들 만큼 일방적으로 끝이 나버렸다.

메이저리그 관계자들이 만만하게 봤던 한국의 선발투수 양현중은 7이닝 동안 3점만 내주며 제 몫을 다했다.

반면 미국 투수들은 11개의 사사구를 내주며 자멸했다.

제구보다 구속에 초점을 맞추고 선수를 선발한 게 패착으로 작용한 것이다.

박병훈과 강준호, 황철민이 나란히 홈런포를 가동한 끝에 한국 대표팀은 미국 대표팀을 9 대 3으로 누르고 결승에 올랐다.

그리고 일본 역시 대만을 4 대 1로 따돌리고 최종 목적지에 도착했다.

결국 이변은 없었다.

대다수 언론의 예상대로 한국과 일본이 결승에서 만났다.

일본 대표팀은 준결승전이 끝나기가 무섭게 오타니 쇼헤를 결승전 선발투수로 예고했다.

이에 질세라 한국 대표팀도 한정훈이 선봉에 설 것이라고 밝혔다.

[오타니 쇼헤 vs 한정훈! 아시아 최고의 투수를 가린다!]

[165㎞/h! 광속구 전쟁 발발!]

[오타니 쇼헤. 아직 한정훈에게 보여줄 것 많다며 승리 자신!]

일본 언론은 앞다투어 한정훈과 오타니 쇼헤의 맞대결을 전했다.

그러면서 은연중에 오타니 쇼헤의 선전을 기원했다.

일본 전문가들도 자국의 투수인 오타니 쇼헤가 우세승을 거둘 것이라고 전망했다.

"오타니 쇼헤는 메이저리그 3년 차입니다. 하지만 한정훈은 아직 메이저리그를 경험하지도 못했죠."

"메이저리그라는 큰 무대에서 맹활약 중인 오타니 쇼헤와 한정훈을 직접적으로 비교하는 건 실례되는 짓입니다."

"한정훈은 분명 좋은 선수입니다. 그가 보여주고 있는 퍼포먼스는 감탄을 금하기 어렵습니다. 하지만 그렇다고 해서 한정훈이 오타니 쇼헤를 넘었다고 생각하진 않습니다."

"오타니 쇼헤입니다. 무슨 말이 더 필요할까요?"

일본 전문가들과 언론이 극찬할 만큼 오타니 쇼헤는 메이저리그에서도 아시아 최고 투수로 인정받고 있었다.

하지만 일본을 제외한 다른 나라의 야구 전문가들은 오타니 쇼헤가 차지하고 있던 수많은 형용어구를 반납하는 건 시간문제라고 단언했다.

"만약 내 전 재산을 둘 중 한 명에게 걸어야 한다면 한정훈에게 걸겠습니다."

"제 생각도 같습니다. 오타니 쇼헤도 분명 좋은 투수이지만 전 재산이 걸렸다면 생각할 필요도 없이 한정훈입니다."

"한정훈이 오타니 쇼헤에게 패배할 확률이요? 글쎄요. 10퍼센트 정도 될까요?"

"점수를 떠나 오타니 쇼헤와 한정훈의 맞대결은 한정훈이 이길 겁니다. 이건 확신할 수 있어요."

야구팬들의 반응은 엇갈렸다.

개인적인 기량 면에서는 한정훈이 우세하다는 의견이 훨씬 많았지만 팀 전력까지 고려했을 때 승패를 예측하기 어렵다는 이야기가 주를 이루었다.

ㄴ일본 대표팀 타자들이 한정훈에게 또다시 농락당하느냐가 관건인 듯.

ㄴㅇㅂㅇ 한국 대표팀 타자들은 솔직히 노답이지.

ㄴ맞아. 한국 타자들이 오타니 쇼헤에게 털린 것만 여섯 번째니까.

ㄴ까놓고 말해서 한정훈 없었다면 오타니 쇼헤가 아시아 최고 투수인 건 사실이지.

ㄴ아아, 진짜 금메달 못 따면 선수 구성 개판으로 한 KBO 사옥 찾아가서 시위할 거다.

한 인터넷 포털 사이트에서 조사한 우승국 맞추기에서 한국의 승리를 예상한 비중은 61퍼센트.

한국인들을 대상으로 조사한 결과라는 걸 감안했을 때 백중세나 다름없었다.

일본 포털 사이트의 조사 결과도 엇비슷했다.

한국 35퍼센트. 일본 65퍼센트.

여느 때처럼 일방적으로 일본의 승리를 예상하는 분위기와는 확연히 달랐다.

"오늘 경기⋯⋯ 이길 수 있을까요?"

아나바 쇼타로 수석 코치가 부담스러운 얼굴로 오쿠보 유키 감독을 바라봤다.

"이겨야죠."

오쿠보 유키 감독이 담담하게 말했다.

하지만 연습 투구를 하는 오타니 쇼헤를 바라보는 그의 눈빛은 왠지 모르게 초조해 보였다.

"오타니 쇼헤 이후가 고비입니다."

가츠오 요시 투수 코치가 오쿠보 유키 감독의 눈치를 살피며 나직이 주절거렸다.

그러자 옆에 모여 있던 다른 코치들도 공감하듯 고개를 끄덕거렸다.

최고 구속 165km/h를 앞세워 타자들을 윽박지르는 오타니 쇼헤를 상대로 한국 대표팀 타자들이 안타를 뽑아낼 가능성은 낮았다.

실제 오타니 쇼헤가 선발 등판한 지난 여섯 번의 국제 경기에서 한국 대표팀이 뽑아낸 점수는 단 한 점뿐이었다.

그것도 수비 실책이 겹치며 내준 비자책 점수였다.

한국 대표팀에 있어 오타니 쇼헤는 천적이나 마찬가지였다. 그리고 그 천적 관계는 오늘 경기에서도 이어질 가능성이 높았다.

문제는 오타니 쇼헤가 언제까지 마운드에서 버텨주느냐는 것이다.

일본 전문가들이 분석한 오타니 쇼헤의 한계 투구 수는 120구.

이닝당 15구 정도를 던진다면 최소 8회까지는 버틸 수 있었다.

하지만 90구 이후로 오타니 쇼헤의 구위가 떨어진다는 걸 감안했을 때 안심할 수 있는 건 6회까지였다.

"한국 타자들이 지난 경기들처럼 적극적으로 방망이를 휘둘러 준다면 완투도 기대해 볼 만하지 않을까요?"

젊은 코치 하나가 넌지시 입을 열었다.

오타니 쇼헤의 이닝당 평균 투구 수는 14구 정도.

하지만 한국 대표팀을 상대로는 이닝당 평균 11.5구까지 줄어들었다.

어떻게든 오타니 쇼헤를 무너뜨려 보겠다는 한국 대표팀 타자들의 적극성이 빚어낸 결과였다.

만약 오늘 경기에서도 한국 대표팀 타자들이 성급히 방망이를 내민다면 오타니 쇼헤의 완투를 바라는 것도 무리는 아니었다.

11.5구를 기준으로 8회까지 투구 수는 고작 92구.

9회 상대할 타순에 따라 얼마든지 경기를 책임지게 만들 수 있었다.

하지만 오쿠보 유키 감독을 비롯해 다른 코치들은 한국 대표팀이 오타니 쇼헤의 투구 수를 아껴줄 가능성을 낮게 보았다.

"한정훈이 마운드에서 버티고 있는데 서두를 필요가 있을까?"

가장 큰 변수는 한정훈의 존재.

오타니 쇼헤만큼 빠른 공을 던지면서도 9이닝은 거뜬히 책임져 줄 체력까지 갖춘 에이스가 뒤를 받치고 있는데 서두를 이유가 없다는 것이다.

"결국 어느 쪽 투수가 먼저 실점하느냐가 관건일 것 같습니다."

"한 방 싸움이겠죠. 안타로 점수를 뽑아내긴 불가능할 겁니다."

코치들이 한마디씩 주절거리는 사이 구심이 경기 시작을 알렸다.

그리고 오타니 쇼헤가 기다렸다는 듯이 초구를 내던졌다.

퍼엉!

묵직한 포구음과 함께 도쿄 돔을 찾은 6만여 관중이 함성을 내질렀다.

164km/h.

바야흐로 광속구 전쟁이 시작됐다.

2

"하아."

순식간에 눈앞을 스쳐 지난 공을 바라보며 1번 타자 서건하가 무겁게 한숨을 내쉬었다.

슬쩍 바라본 전광판에는 164㎞/h의 구속이 찍혀 있었다.

'이건 뭐 영화 촬영하는 것도 아니고…….'

서건하의 입가로 쓴웃음이 번졌다.

160㎞/h의 공도 버거운 마당에 164㎞/h라는 구속을 봤으니 괜히 몸이 움츠러드는 기분이었다.

'이게 다 정훈이 녀석 때문이야.'

서건하는 괜히 한정훈이 얄미워졌다.

지난 세 시즌 동안 한정훈의 강속구에 당하기만 하다 보니 오타니 쇼헤의 공이 더 막막하게만 느껴졌다.

그렇다고 한국 대표팀의 1번 타자로서 방망이 한 번 휘둘러 보지 못하고 물러날 수는 없는 노릇.

'이걸 때려내지 못하면 메이저리그는 어림도 없어.'

서건하가 방망이를 단단히 움켜쥐었다.

그 순간.

후아앗!

바람 소리와 함께 오타니 쇼헤의 2구가 날아들었다.

'바깥쪽!'

서건하는 반사적으로 방망이를 내밀었다. 하지만 공은 그보다 먼저 홈 플레이트 위를 스쳐 지났다.

'젠장할!'

순식간에 투 스트라이크에 몰린 서건하가 질근 입술을 깨물었다.

그런 서건하를 바라보며 오타니 쇼헤가 슬쩍 입꼬리를 말아 올렸다.

'한정훈, 똑똑히 지켜봐라. 네가 우리 선수들에게 했던 만큼 똑같이 되갚아줄 테니까.'

오타니 쇼헤가 힘껏 다리를 끌어 올렸다. 그러고는 특유의 시원시원한 투구 폼으로 공을 내던졌다.

후앗!

오타니 쇼헤의 손끝을 빠져나온 공이 곧장 서건하의 몸 쪽으로 파고들었다.

'어림없다!'

서건하가 지지 않고 방망이를 움직였다.

타이밍상 정타는 어렵더라도 어떻게든 방망이에 맞춰볼 생각이었다.

하지만 패스트볼처럼 날아들던 공은 서건하의 방망이가 홈 플레이트를 스치던 순간 뚝 하고 떨어져 내렸다.

'포크볼!'

서건하가 다급히 방망이를 멈춰 세우려 했지만 소용없었다.

헤더는 아슬아슬하게 홈 플레이트 윗면을 스쳐 지난 뒤였다.

—오타니! 까다로운 한국의 1번 타자를 3구 삼진으로 돌려세웁니다!
—포크볼이 제대로 떨어졌죠? 저런 공은 메이저리그 타자들도 치기 어려울 겁니다.

오타니 쇼헤의 삼진에 일본 중계진들의 목소리가 높아졌다.
반면 한국 중계진은 애써 차분함을 유지했다.

—서건하 선수, 괜찮습니다. 공식전에서 오타니 쇼헤 선수는 처음 상대했을 테니까요.
—오타니 쇼헤 선수도 선두 타자를 출루시키지 않기 위해 전력을 다한 느낌인데요?
—아무래도 그렇겠죠. 아무래도 서건하 선수가 1루에 나가면 골치 아파질 테니까요.

서건하에 이어 구자운까지 4구째 삼진으로 물러났지만 한국 중계진은 실망하지 않았다.
오타니 쇼헤를 처음 상대하기는 구자운도 마찬가지였다.

—결승전인 만큼 점수가 쉽게 나지는 않을 겁니다. 게다가 한정훈 선수와 오타니 쇼헤 선수의 맞대결이잖아요? 이런

경기에서 다득점을 기대한다는 건 욕심입니다.

—결국 승부처는 경기 후반에 찾아올 거란 말씀이시죠?

—네, 보통 타순이 한 바퀴 돈 다음부터 조심해야 한다는 표현을 많이 하잖아요? 타자들이 공에 눈이 익으니까요. 하지만 오늘은 타순이 두 바퀴는 돌아야 뭔가 일이 생길 것 같습니다.

—어느 팀이 더 빨리 세 바퀴째에 접어드느냐가 관건이겠네요.

팽팽하다 못해 숨 막히는 투수전이 예상되는 경기인 만큼 서재훈은 7회 이후가 승부처일 것이라고 점쳤다.

그건 양 팀 더그아웃도 마찬가지였다.

"현우야! 공 잘 봐야 한다! 알지?"

김현우가 타석에 들어서자 이선철 수석 코치가 신중한 타격을 주문했다.

메이저리거이자 정교한 타격으로 유명한 김현우에게 적극적인 승부가 들어올 가능성은 낮은 만큼 유인구에 속지 말라는 소리였다.

"후우……."

타석에 들어선 김현우도 길게 숨을 골랐다.

지난 여섯 차례 맞대결에서 오타니 쇼헤를 상대로 네 개의 안타를 뽑아냈다.

타율상으로는 여전히 2할에 불과했지만 타구의 질은 경기가 거듭될수록 좋아지고 있었다.

그런 김현우를 의식하듯 오타니 쇼헤는 초구에 바깥쪽으로 빠지는 패스트볼을 던졌다.

전광판 구속 162㎞/h가 찍힐 만큼 빠른 공이었지만 메이저리그에서도 수준급 선구안을 자랑하는 김현우가 속을 리 없었다.

오타니 쇼헤가 2구째 같은 코스로 하이 패스트볼을 던졌지만 마찬가지.

살짝 움찔했던 김현우는 침착하게 방망이를 멈춰 세웠다.

노 스트라이크 투 볼.

오타니 쇼헤의 연속 삼진으로 한껏 달아올랐던 도쿄 돔이 돌연 침묵에 빠졌다.

대기 타석에서는 한국 대표팀 최고의 타자 박병훈이 서 있었다.

그리고 그 뒤로 강준호가 기다리고 있었다.

'박병훈까지 가면 안 돼. 여기서 끊어야 해.'

슬쩍 한국팀 더그아웃 쪽을 바라봤던 포수 나카무라 요헤이가 몸 쪽 슬라이더 사인을 냈다.

오타니 쇼헤는 단단히 고개를 끄덕였다.

그리고 이를 악다문 채 힘껏 공을 내던졌다.

후아앗!

패스트볼만큼이나 빠르게 날아들던 공이 마지막 순간 예리하게 몸 쪽을 파고들었다.

김현우가 기다렸다는 듯이 방망이를 휘돌렸지만 패스트볼 타이밍을 노리던 터라 방망이 중심에 공을 맞춰내진 못했다.

따악!

빗맞은 타구가 1루 관중석 위로 떨어졌다. 동시에 김현우의 얼굴로 아쉬움이 스쳐 지났다.

'젠장. 노리던 게 들어왔는데…….'

타석에 들어서기 전 김현우가 노렸던 공은 두 개.

슬라이더와 빠른 체인지업이었다.

오타니 쇼헤가 전력으로 던지는 패스트볼과 포크볼은 정타를 때려내기가 쉽지 않았다.

그래서 유리한 볼카운트에서 슬라이더나 체인지업이 들어오기만을 기다리고 있었는데 그 공을 놓쳐 버렸으니 스스로가 한심스러워 견딜 수가 없었다.

반면 파울로 스트라이크를 잡아낸 오타니 쇼헤는 여유를 되찾았다.

여전히 볼카운트가 불리한 상황이지만 강현우의 배팅 찬스를 빼앗았다는 것만으로도 큰 소득이었다.

'이번에는 포크볼을 유인구로 써보자고.'

포수 나카무라 요헤이가 몸 쪽으로 떨어지는 포크볼을 주문했다.

김현우가 골라낼 경우 승부가 어려워질 수도 있었지만 그럴 가능성은 높지 않다고 여겼다.

오타니 쇼헤도 나카무라 요헤이의 판단을 믿고 몸 쪽으로 포크볼을 집어넣었다.

김현우가 이번에도 방망이를 휘둘러 봤지만 뚝 떨어진 공은 스윙과 상당한 차이를 보이며 나카무라 요헤이의 미트 속으로 빨려 들어갔다.

볼 카운트 투 스트라이크 투 볼.

나카무라 요헤이는 다시 한 번 바깥쪽 하이 패스트볼을 주문했다.

2구째야 볼카운트가 여유로우니 지켜봤겠지만 투 스트라이크로 몰린 지금은 참지 못할 것이라 판단했다.

잠시 망설이던 오타니 쇼헤는 마지못해 고개를 주억거렸다.

그리고 나카무라 요헤이의 미트를 향해 힘껏 공을 내던졌다.

후아앗!

한가운데로 날아들던 공이 순식간에 홈 플레이트 바깥쪽으로 빠져나갔다.

하지만 김현우는 방망이를 내밀지 않았다. 때려내기에는 너무나 먼 공처럼 느껴진 것이다.

풀 카운트.

"후우……."

김현우와 오타니 쇼헤가 동시에 숨을 골랐다. 그러고는 공 하나를 두고 진검승부에 들어갔다.

후아앗!

오타니 쇼헤의 손끝을 빠져나간 공이 쏜살같이 김현우의 몸 쪽을 파고들었다.

그러자 김현우도 지지 않고 방망이를 휘돌렸다.

따악!

요란한 타격음과 함께 라이너성으로 뻗어 나간 타구가 아슬아슬하게 1루 파울 라인 밖으로 벗어났다.

조금만 더 방망이 중심에 걸렸다면 2루타로 이어질 만한 타구였다.

타구를 확인한 1루심이 양팔을 펴자 오타니 쇼헤와 김현우의 표정이 엇갈렸다.

위험한 타구를 허용한 오타니 쇼헤는 웃었다. 반면 체인지업을 놓친 김현우는 망연자실한 표정이었다.

슬라이더, 그리고 체인지업.

칠 만한 공을 전부 놓쳐 버린 김현우에게 오타니 쇼헤가 인정사정없이 공을 내던졌다.

후아앗!

한가운데로 곧장 날아들던 공이 마지막 순간에 살짝 떠오르듯 홈 플레이트를 스쳐 지났다.

김현우가 이를 악물고 방망이를 휘돌렸지만 애석하게도

공은 포수의 미트 속에 파묻혔다.

삼진!

그리고 세 타자 연속 삼진!

침묵했던 도쿄 돔이 열광의 도가니로 변했다.

"후우……."

숨 가빴던 승부를 끝낸 오타니 쇼헤가 당당하게 마운드를 내려갔다.

그런 오타니 쇼헤를 향해 도쿄 돔에 모인 팬들은 격렬한 환호로 화답했다.

"나이스 피칭!"

"오타니! 수고했어!"

일본 대표팀 동료들도 한목소리로 오타니 쇼헤를 반겼다.

평소보다 긴 휴식일 때문에 오타니 쇼헤의 밸런스가 흐트러지면 어쩌나 걱정했는데 오히려 투지가 넘쳐흘러 보였다.

"숨 좀 돌려라."

가츠오 요시 투수 코치가 다가와 수건을 건넸다. 오타니 쇼헤는 씩 웃으며 수건으로 얼굴을 훔쳤다.

그리고 제법 여유로운 얼굴로 마운드에 선 한정훈을 바라봤다.

최고 구속 164㎞/h.

세 타자 연속 삼진.

이 정도면 한정훈도 충분히 자극이 됐을 것이라고 여겼다.

하지만 정작 한정훈은 오타니 쇼헤 쪽은 바라보지도 않았다.

그저 묵묵히 연습 투구를 마친 뒤 1번 타자 아키야마 신고가 타석에 들어서길 기다렸다.

'젠장, 저 녀석은 볼 때마다 저 표정이로군.'

타석에 들어선 아키야마 신고가 눈매를 굳혔다.

오타니 쇼헤의 피칭을 봤다면 적잖게 동요가 될 텐데도 한정훈의 겉모습은 고요하기만 했다.

마치 베테랑 투수라도 되는 것처럼 평정심을 유지하고 있었다.

"타임."

아키야마 신고는 손을 들고 잠시 타석에서 벗어났다.

그러면서 일부러 장갑 밴드를 풀었다 조이며 한정훈의 신경을 긁었다.

한정훈이 애써 아무렇지 않은 척 굴고 있다면 그 감정이 표정을 통해 드러날 것이라 여겼다.

하지만 한정훈은 느긋하게 등을 편 뒤에 툭툭 로진백을 두드렸다.

그 모습이 평소와 크게 달라 보이지 않았다.

'어려도 한국의 에이스라 이건가.'

아키야마 신고가 길게 한숨을 내쉬었다.

일본 대표팀의 선두 타자로서 어떻게든 한정훈의 빈틈을

파고들어 출루로 연결하고 싶은데 아무리 찾아도 보이지가 않았다.

그러나 아키야마 신고의 도발이 아예 통하지 않았던 것은 아니다.

'거 참, 이 양반은 경기 시작부터 쓸데없이 시간을 끄네.'

박기완이 짜증스럽게 아키야마 신고를 바라봤다.

이닝의 선두 타자로 나서놓고 공 하나 보지 않고 타임을 부른다는 것 자체가 상식이 없는 무례한 짓이었다.

'정훈이 녀석, 또 열 좀 받았을 거 같은데.'

박기완의 불안한 시선이 한정훈에게 향했다.

아니나 다를까.

한정훈이 평소보다 신경질적으로 로진백을 두드리는 게 눈에 들어왔다.

'그러면 그렇지.'

박기완이 쓴웃음을 머금었다.

한정훈의 성격상 이런 식의 매너 없는 짓을 그냥 넘길 리 없었다.

마운드 위에서 한정훈의 감정 상태는 겉으로 드러나는 경우가 거의 없었다.

하지만 한정훈과 오랫동안 호흡을 맞춰온 박기완은 로진백 두드리는 것만 봐도 알았다.

한정훈이 어떤 생각을 하고 있는지 말이다.

'하아, 어쩔 수 없지 뭐.'

박기완이 슬그머니 미트를 들어 올렸다.

그러자 한정훈이 기다렸다는 듯이 다리를 힘껏 들어 올렸다.

후아앗!

한정훈의 손끝을 빠져나온 공이 곧장 아키야마 신고를 향해 날아들었다.

'몰렸다!'

순간 아키야마 신고가 눈을 번뜩였다.

설마하니 한 이닝에 하나 나올까 말까 한 한정훈의 실투가 초구부터 들어오리라고는 생각지도 못한 것이다.

'놓치면 안 돼!'

아키야마 신고가 다급히 방망이를 휘둘렀다. 하지만 공은 방망이보다 먼저 홈 플레이트를 스쳐 지났다.

퍼엉!

아키야마 신고의 방망이가 홈 플레이트 앞면에 닿기도 전에 포구음이 먼저 울려 퍼졌다.

그와 동시에 아키야마 신고의 얼굴이 와락 일그러졌다.

–아키야마 신고! 절호의 기회를 놓쳤습니다.

–한가운데로 몰린 공이었는데, 방심했네요.

–지난 두 차례 경기에서 저 코스로 공이 들어간 적은 단

한 번도 없었는데요. 혹시 오타니 쇼헤의 영향일까요?

—메이저리그 톱클래스의 투수니까요. 아무래도 의식이 될 수밖에 없겠죠.

일본 중계진들은 아키야마 신고가 한정훈의 실투를 놓쳤다며 아쉬워했다.

그러면서 한정훈의 제구가 흔들린 게 오타니 쇼헤의 호투 때문이라고 단정 지었다.

반면 한국 중계진들은 전혀 다른 각도로 상황을 설명했다.

—한정훈 선수, 초구부터 아주 배짱 있게 공을 던지네요.

—아, 그러니까 저 공이 한가운데로 몰린 공이 아니라는 말씀이시죠?

—하하. 한정훈 선수의 컨트롤이 얼마나 좋은데요. 저건 일부러 던진 게 확실합니다. 구속도 163km/h나 나왔잖아요. 그리고 제 예상이 맞다면 다음 공도 아마 똑같이 들어올 겁니다.

서재훈의 말이 떨어지기가 무섭게 한정훈이 투구 동작에 들어갔다.

그리고 서재훈의 말을 증명하기라도 하듯 2구 역시 한복판으로 찔러 넣었다.

'이 자식이!'

아키야마 신고가 이번에도 이를 악물고 방망이를 휘둘렀지만 소용없었다.

전광판에 164km/h가 찍힌 포심 패스트볼은 아키야마 신고의 방망이보다 한참 먼저 홈 플레이트를 스쳐 지나 버렸다.

투 스트라이크.

'이번에는 기필코 친다!'

치욕스러운 삼진 위기에 몰린 아키야마 신고가 빠득 이를 깨물었다.

그러자 한정훈이 돌연 고개를 흔들어 댔다.

달라진 아키야마 신고의 분위기를 읽기라도 한 것처럼 말이다.

'유인구를 던지겠다는 말이로군.'

아키야마 신고가 천천히 숨을 골랐다.

한정훈의 고갯짓에 치밀어 올랐던 분기도 조금 가라앉았다.

냉정하게 말해 일본 대표팀 톱타자를 상대로 3구 연속 한복판 패스트볼을 던질 수 있는 투수는 없다시피 했다.

투 스트라이크를 잡은 상황에서 무리하게 한복판 패스트볼을 던지느니 유리한 볼카운트를 활용해 양 코너를 활용할 가능성이 높았다.

설사 한복판으로 공이 날아들더라도 포심 패스트볼보다

결정구로 사용하는 스플리터일 가능성이 높았다.

'일단 바깥쪽은 버리자.'

아키야마 신고는 생각을 정리했다.

불같은 강속구를 자랑하는 한정훈을 상대로 몸 쪽과 바깥쪽 모든 코스에 다 대비한다는 건 불가능한 일이었다.

그 순간.

후아앗!

한정훈의 손끝에서 흰색 공 하나가 탄환처럼 날아들었다.

'이 자시이익!'

공의 궤적을 확인한 아키야마 신고가 눈을 부릅떴다.

3구 연속 한복판 공이라니.

일본 대표팀 1번 타자로 자리매김한 이후로 이런 치욕적인 승부는 처음이었다.

'기필코 때려낸다!'

아키야마 신고는 치미는 분을 애써 분을 삼켰다.

그리고 몸 쪽 패스트볼에 대비해 빠르게 내돌렸던 방망이를 기술적으로 제어했다.

마지막 순간 스플리터가 떨어지는 걸 감안해 파울 타구를 만들어낼 생각이었다.

하지만 스플리터라 확신했던 공은 오히려 치솟듯 홈 플레이트 위를 스쳐 지나 버렸다.

아키야마 신고가 구종의 정체를 파악했을 때는 이미 묵직한 포구 소리가 경기장에 울려 퍼진 뒤였다.

'포심…… 패스트볼.'

아키야마 신고가 허탈한 눈으로 전광판을 바라봤다.

그러다 뭔가를 확인하고는 질근 입술을 깨물었다.

158km/h.

2구보다 6km/h나 느린 공이었다.

자신이 스플리터라고 착각할 수 있을 정도로 일부러 구속을 조절한 게 틀림없었다.

그러나 이런 사정을 모르는 이들의 눈에는 160km/h도 되지 않은 패스트볼에 말도 안 되는 헛스윙을 한 멍청한 타자로 보일 뿐이었다.

"크아아아!"

더그아웃으로 돌아간 아키야마 신고가 방망이를 내던지며 괴성을 질러댔다.

10년간의 프로 생활 동안 수많은 삼진을 당해왔지만 이번처럼 비참한 적은 처음이었다.

하지만 일본 선수 중 누구도 아키야마 신고를 달래지 못했다.

자신들도 아키야마 신고처럼 당하지 말라는 법은 없었기 때문이다.

"나스히로! 기죽지 말고 힘껏 휘둘러라."

오쿠보 유키 감독은 오코에 루이스를 대신해 선발 출장한 유키 나스히로를 더그아웃으로 불러 독려했다.

경기 초반, 고작 삼진 하나 당한 것뿐이지만 이대로 한정훈의 기세에 말려들어서 좋을 게 없다고 판단한 것이다.

"최선을 다하겠습니다."

유키 나스히로가 단단히 고개를 끄덕였다.

쟁쟁한 선배들과 라이벌 오코에 루이스를 밀어내고 올림픽 결승전에 선발 출장한 만큼 어떻게든 팀에 도움이 되고 싶었다.

그러나 한정훈의 공은 최선을 다한다고 해서 공략할 수 있는 수준의 공이 아니었다.

초구 바깥쪽에 꽉 차게 들어오는 156km/h 투심 패스트볼에 헛스윙.

2구 몸 쪽을 파고드는 155km/h의 커터를 지켜보다 스트라이크.

3구 한복판으로 날아든 164km/h의 포심 패스트볼에 현혹되어 헛스윙.

"하아……."

오쿠보 감독의 입에서 절로 탄식이 흘러나왔다.

"야마야 선배! 한 방 날려 버려요!"

한정훈이 자신처럼 1, 2번 타자를 3구 삼진으로 돌려세우자 오타니 쇼헤도 가만있지 못했다.

다시 타격 컨디션이 되살아 난 야먀야 데쓰토가 어떻게든 이 흐름을 깨뜨려 주길 바랐다.

"이 자식!"

다시 한 번 한정훈 공략의 중책을 맡은 야마야 데쓰토가 힘껏 방망이를 움켜쥐었다.

지난 예선 때는 피칭 머신 훈련의 부작용으로 힘 한번 쓰지 못하고 물러났지만 한정훈에 대한 분석을 철저히 한 이번 만큼은 다르다고 여겼다.

하지만 상대를 분석한 건 일본 대표팀만이 아니었다.

'의외로 바깥쪽 공에 약점이 있단 말이지.'

박기완은 초구에 바깥쪽으로 파고드는 투심 패스트볼을 요구했다.

볼카운트가 몰리기 전까지는 철저히 잡아당기는 야마야 데쓰토의 타격을 역으로 파고든 주문이었다.

한정훈은 군말 없이 고개를 끄덕거렸다.

그리고 야마야 데쓰토가 도저히 방망이를 내밀 수 없는 완벽한 바깥쪽 투심 패스트볼을 꽂아 넣었다.

―스트라이크! 미국 구심, 기다렸다는 듯이 오른팔을 들어 올립니다.

―백도어성으로 꽉 차게 들어갔네요. 저건 팔이 엄청 긴

타자들이 아니고서야 못 건드리죠.

—건드려도 좋은 타구가 나올 것 같지 않은데요.

—그래서 이 타이밍에 저 공을 던지는 겁니다. 타자들이 무리하지 않을 걸 아니까요.

"젠장할."

서재훈의 비아냥거림을 듣기라도 한 듯 야마야 데쓰토가 욕지거리를 내뱉었다.

초구에 바깥쪽 투심 패스트볼이라니. 살짝 김이 빠지는 기분이었다.

"후우……. 들어올 거야."

야마야 데쓰토는 애써 숨을 골랐다.

그리고 지난 경기에서 날아들었던 165㎞/h의 포심 패스트볼을 머릿속에 그렸다.

그러나 한정훈의 손끝에서 빠져나온 2구는 터무니없이 느린 속도로 날아와 홈 플레이트 한가운데를 지나가 버렸다.

너클 커브.

한 경기에서 5개 이상 던지지 않는다던 그 공이 하필 이 타이밍에 날아든 것이다.

"크으으!"

두 눈 뜨고 스트라이크를 헌납해 버린 야마야 데쓰토가 들짐승처럼 울부짖었다.

고작 이런 공을 보려고 지난 이틀간 한정훈의 동영상을 눈이 빠지게 살폈던 게 아니었다.

하지만 그런 야마야 데쓰토의 속사정은 한정훈이 알 바 아니었다.

'마무리는 이걸로 가자.'

벌겋게 달아오른 야마야 데쓰토의 얼굴을 확인한 박기완이 기다렸다는 듯이 사인을 냈다.

"아무튼 악랄하다니까."

사인을 확인한 한정훈이 피식 웃으며 고개를 끄덕였다.

그렇지 않아도 중심 타자를 상대로 이 공을 던져 보고 싶던 차였다.

"후우……."

천천히 숨을 고른 뒤 한정훈이 왼발을 높이 들어 올렸다.

뒤이어 무게중심을 앞으로 내던지며 최대한 앞쪽에서 공을 내던졌다.

후아앗!

한정훈의 손끝을 빠져나간 공이 바깥쪽 코스로 날아들었다.

그러자 야마야 데쓰토가 기다렸다는 듯이 방망이를 휘둘렀다.

앞서 던진 너클 커브의 잔상 때문에 3구가 165㎞/h대 포심 패스트볼처럼 느껴진 것이다.

그러나 마지막 순간 제동이 걸린 공은 야마야 데쓰토의 스윙을 온전히 피해낸 뒤 박기완의 미트 속으로 빨려 들어갔다.

"크아아아!"

야마야 데쓰토의 고함 소리가 쩌렁쩌렁 도쿄 돔을 울렸다.

그와 동시에 오타니 쇼헤의 입에서도 헛웃음이 터져 나왔다.

"허……."

결승전을 앞두고 오타니 쇼헤는 머릿속으로 한정훈과의 가상 대결을 수없이 그렸다.

그리고 그중에서 자신에게 가장 유리한 시나리오를 찾아냈다.

한정훈이 지난 예선전 때처럼 정석적으로 일본 타자들을 상대한다면 충분히 승산이 있다고 여긴 것이다.

한때 오타니 쇼헤 공포증에라도 걸린 것처럼 무기력한 모습을 보이던 한국 타자들도 맞대결이 거듭될수록 오타니 쇼헤의 공에 자신 있게 방망이를 휘둘러 댔다.

그런 것처럼 한정훈이 지난 예선처럼 일본 대표팀을 상대한다면 일본 타자들도 경기 후반 즈음에 어느 정도 적응을 끝낼 것이라고 여겼다.

그런데 오늘 코앞에서 지켜본 한정훈의 피칭은 지난 예선 때와는 전혀 달랐다.

자신만만하고 당찬 피칭은 여전했지만 예선전보다 훨씬 더 능구렁이가 되어 있었다.

'절대 점수를 내줘서는 안 돼.'

글러브를 챙겨 들고 마운드에 오른 오타니 쇼헤의 얼굴이 절로 결연하게 변했다.

한정훈의 변칙 스타일에 타자들이 농락당할 경우 정규 이닝 이내에 승부가 나지 않을 가능성도 배제하기 어려웠다.

'그래. 승부치기라면 쉽지 않을 거야.'

오타니 쇼헤는 머릿속에 염두에 뒀던 승리 시나리오를 모조리 지워 버렸다. 그리고 단 한 가지만을 목표로 삼았다.

정규 이닝 때까지 실점하지 않는 것.

그래서 팀에게 승부치기에 들어갈 상황을 만들어주는 것.

'어깨가 잘못되는 한이 있더라도 기필코 막아낸다!'

잔뜩 기합이 들어간 오타니 쇼헤가 선두 타자 박병훈을 향해 힘껏 공을 내던졌다.

퍼엉!

바깥쪽 꽉 차게 꽂힌 공에 박병훈이 혀를 내둘렀다.

전광판에는 무려 165㎞/h라는 구속이 찍혀 있었다.

—오타니! 165! 자신이 기록한 아시아 신기록을 다시 한 번 기록합니다!

—오타니 선수, 오늘 정말 믿음직스럽네요. 이 기세대로만

나간다면 일본이 금메달을 가져갈 수 있습니다!

한정훈의 호투에 분위기가 가라앉았던 일본 중계석이 또다시 들썩거렸다.

일본 관중들도 한국 대표팀 중심 타선을 맞아 구속을 끌어올린 오타니 쇼헤의 괴력투에 크게 환호했다.

일본 대표팀 더그아웃도 마치 금메달이 코앞에 있는 것처럼 박수를 치며 호들갑을 떨어댔다.

그러면서 한국 대표팀 선수들이 적잖게 당혹스러워할 것이라고 여겼다.

하지만 정작 한국 대표팀 더그아웃의 분위기는 침착하다 못해 여유로웠다.

여느 때 같았다면 암담한 표정들이 연출됐겠지만 오늘만은 달랐다.

“오타니가 무리하는데요?”

“정훈이 때문에 열이 바짝 받았겠죠.”

“저러다 먼저 지치면 일본만 손해일 텐데.”

“알아서 일찍 내려가 주면 우린 땡큐죠.”

한국 대표팀 코치들은 1회보다 더 뜨겁게 타오르는 오타니 쇼헤가 싫지 않았다.

오히려 빨리 연소해서 일찌감치 나가떨어져 주길 내심 기대했다.

한껏 구속을 끌어올린 오타니 쇼헤는 4번 타자 박병훈을 시작으로 5번 타자 강준호, 6번 타자 황철민을 전부 삼진으로 돌려세웠다.

박병훈과 강준호는 투 스트라이크 원 볼 상황에서 똑같이 오타니 쇼헤의 포크볼에 당했다.

황철민은 초구 체인지업을 잡아당겨 큼지막한 파울 타구를 만들어냈지만 이후 연달아 들어온 162㎞/h의 포심 패스트볼에 헛스윙을 하며 물러났다.

—오타니! 6타자 연속 삼진입니다!

—한정훈에게 보란 듯이 강속구를 꽂아 넣었네요.

—확실히 한국의 신인 타자들의 레벨로는 오타니 쇼헤의 강속구를 따라가지 못하는 모습입니다.

—어렵죠. 어려워요. 오타니는 메이저리그에서도 톱클래스 투수입니다. 이런 투수의 공은 아무나 때려낼 수 있는 게 아니에요.

일본 중계석은 흥분을 감추지 못했다.

특히나 메이저리거로 맹활약 중인 박병훈과 강준호를 연속 삼진으로 잡아냈다는 사실을 높이 평가했다.

하지만 그 흥분도 그리 오래가지 않았다.

한정훈이 응수하듯 2회, 세 타자를 전부 삼진 아웃 시켜버린 것이다.

게다가 4번 타자 야니기타 유이를 상대로 3구째 166㎞/h의 포심 패스트볼을 꽂아 넣으며 아시아 최고 구속 타이틀에서 오타니 쇼헤를 밀어내 버렸다.

순식간에 홈 플레이트를 스치고 지나가 버린 공에 일본 최고의 타자라 불리는 야니기타 유이조차 고개를 흔들 수밖에 없었다.

이후로도 오타니 쇼헤와 한정훈의 불꽃 튀는 투수전은 계속됐다.

오타니 쇼헤는 5회 초 4번 타자 박병훈을 상대로 사사구를 내준 것을 제외하고 6회까지 단 한 명의 타자도 루상에 출루시키지 않았다.

6회까지 탈삼진은 무려 11개.

4회 이후 제구가 흔들리면서 볼이 많아졌지만 투구 수도 74구로 끊어냈다.

이에 맞서 한정훈도 6회까지 일본 대표팀 타자들을 꽁꽁 틀어막았다.

유일한 옥의 티라면 5회 초에 허용한 안타.

선두 타자 야니기타 유이의 타구를 3루수 구자운이 한 번 더듬은 게 내야 안타로 인정이 되어버린 것이다.

이어 후속 타자 나키타 쇼우를 병살타로 유도하며 주자를 지워 버렸지만 오타니 쇼헤에게는 없는 피안타가 한정훈에게만 기록이 됐다.

탈삼진은 오타니 쇼헤와 같은 11개.

반면 투구 수는 54개였다.

같은 이닝을 투구하면서도 오타니 쇼헤보다 투구 수를 20개나 아꼈다.

"어느 정도 예상은 했지만 한정훈은 정말 대단하군."

"한정훈과 나란히 던지니까 오타니 쇼헤가 평범해지는 느낌이야."

메이저리그 스카우터들은 그 20개의 투구 수 차이를 근거로 한정훈이 오타니 쇼헤보다 한 수 위의 피칭을 선보였다고 평가했다.

오타니 쇼헤의 소속 구단인 매리너스 스카우터조차도 이 같은 평가에 반박하지 못했다.

그러나 일본 중계석은 오타니 쇼헤가 안타를 맞지 않았다는 이유만으로 한정훈보다 더 낫다는 주장을 되풀이했다.

―오타니, 노히트노런을 위해 마운드에 오릅니다.

―정말 대단합니다. 올림픽 결승전에서 저렇게 침착하게 공을 던질 수 있다는 사실이 감격스럽습니다.

―한국의 한정훈도 나쁘지 않은 피칭을 선보이고 있는데요.

―하지만 안타를 맞았죠. 노련한 오타니와는 달리 아직 완

벽하지 않다는 증거입니다.

오타니 쇼헤는 7회 초 2, 3, 4번으로 이어지는 세 타자를 전부 범타로 유도하며 노히트노런의 꿈을 부풀렸다.

하지만 8회 초, 강준호에게 초구를 통타당해 큼지막한 2루타를 허용하며 대기록 도전이 수포로 돌아가고 말았다.

이어 6번 타자 황철민에게 몸에 맞는 공을 허용하며 순식간에 무사 주자 1, 2루의 위기에 몰렸다.

한국 대표팀 더그아웃에서는 득점 기회를 살리기 위해 7번 타자 나성검을 빼고 작전 수행 능력이 좋은 황재윤을 투입했다.

황재윤은 벤치의 기대에 부응하듯 2구째 몸 쪽으로 파고드는 슬라이더에 방망이를 가져다 대 깔끔한 희생번트를 성공시켰다.

1사 주자 2, 3루.

땅볼 타구만 나와도 실점으로 연결될 가능성이 높은 상황에서 8번 타자 박기완이 타석에 들어섰다.

"대타를 쓰지 않겠다는 건가?"

한국 대표팀 더그아웃이 조용하자 포수 나카무라 요헤이가 고개를 갸웃거렸다.

오늘 경기 2타수 무안타.

올림픽 기간 내 11타수 2안타 1할 8푼 1리.

오늘 경기에서 처음으로 잡은 천금 같은 기회를 한국 대표팀 타자 중에서 가장 타격감이 좋지 않은 박기완에게 맡긴다는 게 이해가 가지 않았다.

실제 일부 코치는 박기완을 대신해 대타를 기용할 것을 제안했다.

하지만 김인선 감독은 고개를 저었다.

박기완이 포수 마스크를 썼을 때 한정훈의 투구가 조금 더 안정적이라는 이유 때문이었다.

"오타니 쇼헤도 슬슬 한계 투구 수에 가까워지고 있으니 이번 기회를 살리지 못해도 기회는 또 올 겁니다. 하지만 정훈이는 달라요. 무승부로 승부치기에 들어간다 하더라도 정훈이는 더 던질 수 있습니다."

김인선 감독은 경기를 길게 내다봤다.

설사 박기완을 대신해 대타를 투입한다 해도 오타니 쇼헤의 공을 정타로 만들 가능성은 생각만큼 높지 않다고 판단했다.

"올림픽 2연패가 정훈이의 어깨에 달려 있습니다. 그러니까 정훈이를 믿고 지켜봅시다."

이선철 코치도 김인선 감독의 의견에 힘을 실어주었다.

올림픽 금메달이 걸린 결승전에서 확실하지 않은 가능성만 보고 도박을 할 수는 없는 노릇이었다.

코칭스태프의 신뢰를 받았다고 생각한 8번 타자 박기완은

8구까지 가는 접전 끝에 사사구로 1루를 밟았다.

나카무라 요헤이가 유인구로 박기완을 낚으려 했지만 통하지 않은 것이다.

1사 2, 3루가 1사 만루로 바뀌자 김인선 감독은 그제야 대타 카드를 꺼냈다.

9번 타자 오지완을 대신해 장타력이 돋보이는 김하선을 내세운 것이다.

"부담 갖지 말고 외야로 가볍게 하나만 때려내라. 알았지?"

이선철 코치가 김하선을 붙잡고 신신당부를 했다.

굳이 안타가 아니더라도 외야 플라이면 3루 주자 강준호가 충분히 홈을 파고들 수 있을 것이라고 여겼다.

김하선도 초구와 2구째 유인구를 걸러낸 뒤 3구째 몸 쪽을 파고드는 포심 패스트볼을 향해 힘껏 방망이를 휘둘렀다.

하지만 타구는 생각만큼 뻗어 나가지 않았다.

전진 수비를 하고 있던 좌익수 나키타 쇼우가 한참을 내려와 잡은 것이다.

"아이고!"

타구를 살피던 3루 코치가 안타까움을 감추지 못했다.

타구가 조금만 깊었더라도 태그 업을 시도해 봤을 텐데 지금으로서는 어려워 보였다.

그런데 강준호가 기습적으로 홈을 향해 내달렸다.

일본 야수진이 방심한 틈을 노려 어떻게든 선취점을 빼앗아 보겠다는 의욕이 앞섰다.

하지만 나키타 쇼우가 송구한 공이 곧장 나카무라 요헤이의 미트 속으로 빨려 들어오면서 강준호의 과감한 플레이는 본 헤드 플레이가 되고 말았다.

"하아, 젠장할."

생각한 대로 경기가 풀리지 않자 강준호가 무겁게 한숨을 내쉬었다.

마음이 앞서서 결과적으로 팀에게 폐를 끼쳤다는 사실에 얼굴을 들기가 어려웠다.

그런 강준호에게 글러브를 가져다주며 한정훈이 대수롭지 않게 말했다.

"준호 형, 다음 타석 때 큰 거 한 방 날려줘요."

"짜식, 기대해라. 진짜 담장 밖으로 넘겨 버릴 테니까."

강준호가 피식 웃었다.

그 누구보다 속상했을 어린 막내가 와서 친히 격려까지 해주는데 선배가 되어 계속 고개를 숙이고 있을 수는 없는 노릇이었다.

-정말 훈훈한 모습입니다.

-네. 한정훈 선수, 어리지만 에이스로서 자신의 역할을 완벽하게 수행하고 있습니다. 사실 조금 전 주루 플레이를 강준호 선수의 본 헤드 플레이라고 단정 짓긴 어렵거든요.

경기가 안 풀리는 상황에서 한정훈이라는 에이스가 마운드를 지키는 동안 어떻게든 결승점을 내기 위해 노력했다는 건 분명 의미 있는 플레이였습니다.

서재훈은 자칫 가라앉을지 모를 대표팀의 분위기를 한정훈이 잘 다독였다며 칭찬을 아끼지 않았다.

한국 대표팀 코칭스태프와 선수들도 막내답지 않은 한정훈의 의젓함에 웃음을 감추지 못했다.

"자, 자! 오타니 지쳤다! 조금만 더 힘내자!"

"오케이! 이번 이닝 깔끔하게 막자! 다들 정신 차려!"

야수들은 서로를 격려하며 투지를 불태웠다.

고군분투하고 있는 한정훈을 위해서라도 자신에게 날아드는 타구는 어떻게든 책임지고 잡아낼 생각이었다.

하지만 한정훈은 더욱 힘을 내며 4, 5, 6번으로 이어지는 일본 대표팀 타자들을 연속 삼진으로 돌려세웠다.

그러면서 오타니 쇼헤와의 탈삼진 격차를 4개로 벌렸다.

9회 초. 오타니 쇼헤가 지친 얼굴로 마운드에 올랐다.

하지만 공을 쥔 순간 언제 그랬냐는 것처럼 혼신의 역투를 펼쳐냈다.

1번 타자 서건하는 유격수 땅볼 아웃.

2번 타자 구자운은 3루수 플라이 아웃.

3번 타자 김현우는 중견수 플라이 아웃.

"후우……."

마운드를 내려가며 오타니 쇼헤는 일본 대표팀 타자들이 어떻게든 점수를 뽑아내 주길 기대했다.

8회에 22개의 공을 던지며 투구 수를 정확하게 120개를 채웠다.

내색하진 않았지만 초반부터 전력투구를 한 탓에 더 이상은 버티기가 쉽지 않았다.

일본 대표팀 선수들도 한계 투구 수에 들어선 오타니 쇼헤를 위해서라도 기필코 점수를 뽑아내자며 파이팅을 외쳤다.

하지만 9회 말에도 전광판에 164km/h의 구속을 찍어대는 괴물 같은 한정훈의 공을 공략하기란 말처럼 쉬운 일이 아니었다.

"스트라이크, 아웃!"

"스트라이크, 아웃!"

"스트라이크, 아웃!"

한정훈은 7, 8, 9번 하위 타선을 전부 삼진으로 돌려세우며 경기를 연장전으로 끌고 갔다.

그리고 더그아웃에 돌아가서도 아이싱을 거부하며 계속해서 마운드에 오르겠다는 의지를 밝혔다.

김인선 감독도 한정훈의 의사를 확인한 뒤 준비 중이던 불펜 투수들을 일단 철수시켰다.

9회까지 한정훈의 투구 수는 85구.

한계 투구 수까지 여유가 있는 만큼 승부치기가 시작되더라도 최소한 두 이닝 정도는 한정훈에게 맡기겠다는 계산이 선 것이다.

반면 일본 코칭스태프는 고심에 빠졌다.

한정훈이 계속해서 마운드에 오를 가능성이 높은 상황에서 어떻게든 점수를 뽑아내면서 실점을 막아야 하는 난제에 처한 것이다.

10회 말 타순을 정하는 건 중요한 일이 아니었다.

그보다는 10회 초를 막을 투수를 정하는 게 급했다.

"경기 후반에 투입시키기에 마에다는 불안합니다."

"스기노도 마찬가지입니다. 스기노는 단 한 번도 승부치기 상황에서 등판한 적이 없습니다."

"절대 점수를 내줘서는 안 됩니다. 확실한 투수를 투입해야 합니다."

코치들은 저마다 우려를 감추지 못했다.

한정훈은 아시안 게임 때 승부치기를 경험한 적이 있다.

그리고 그 압박감을 견뎌내고 한국을 우승으로 이끈 전력이 있었다.

한정훈이 마운드에서 버티는 한 어떻게든 실점을 막아야 했다.

한 점이라도 내주는 순간, 한정훈에 의해 경기가 끝나 버릴 가능성이 높았다.

"누가 좋겠습니까?"

오쿠보 유키 감독이 가츠오 요시 투수 코치를 바라봤다.

그러자 가츠오 요시 코치가 잠시 고민하더니 어렵사리 입을 열었다.

"지금으로서는 하리모토의 컨디션이 가장 좋습니다."

순간 코치들의 표정이 당혹스럽게 변했다.

설마하니 가츠오 요시 코치의 입에서 하리모토 쇼타의 이름이 가장 먼저 튀어나오리라고는 생각지도 못한 반응이었다.

"하리모토라니요. 그보다는 야마사키나 사와무라를 올리는 게 낫지 않을까요?"

"제 생각도 같습니다. 이제 막 대표팀에 선발된 하리모토에게 너무 큰 부담을 주는 것 같습니다."

코치들은 한목소리로 하리모토 쇼타를 반대했다.

표면적인 이유는 다양했지만 실질적인 이유는 한 가지였다.

재일교포.

올림픽 결승전 승부치기 상황에서 재일교포인 하리모토 쇼타의 애국심을 100퍼센트 신뢰할 수 없다는 것이다.

"흠……."

오쿠보 유키 감독의 표정도 굳어졌다.

투수에 관해서는 가츠오 요시 투수 코치에게 전권을 위임했지만 다른 코치들이 걱정하는 운용을 강행할 수는 없는 노릇이었다.

“아츠이도 나쁘지 않습니다.”

가츠오 요시 투수 코치도 하리모토 쇼타를 고집하지 않았다.

대신 불펜 투수 아츠이 유키를 추천했다.

예선전에서 3경기에 등판해 3이닝을 실점 없이 잘 막아낸 아츠이 유키라면 또 다른 대안이 될 수 있다고 여겼다.

그러나 아츠이 유키 역시 대표팀 내에서 존재감이 약하긴 마찬가지였다.

“아츠이는 확실히 무리입니다.”

“한국 대표팀도 분명 번트 작전을 사용할 게 확실합니다. 주자 2, 3루에서 김현우와 박병훈, 강준호를 상대해야 하는데 쉽지 않을 겁니다.”

일부 코치들이 반대 의견을 내면서 아츠이 유키 카드도 흐지부지됐다.

이후 다른 불펜 투수들의 이름이 거론됐지만 그들 중 누구도 만장일치로 환영받지 못했다.

그러자 보다 못한 아나바 쇼타로 수석 코치가 입을 열었다.

"결국 누군가를 믿고 맡겨야 한다면 오타니에게 한 이닝을 더 부탁하는 게 나을 것 같습니다."

승부치기를 앞두고 코치들의 의견이 분분한 이유는 간단했다.

한국 대표팀 중심 타자들을 상대로 실점 없이 한 이닝을 책임져 줄 만한 확신이 부족하기 때문이다.

하지만 오타니 쇼헤라면 이야기가 달랐다.

비록 지치긴 했어도 오타니 쇼헤가 한 이닝을 더 책임져 준다면 코치 중 누구도 반대하진 못할 터였다.

"오타니라면……."

"만약 오타니가 한 이닝을 더 맡아준다면야……."

서로 제 할 말만 떠들어 대던 코치들이 처음으로 뜻을 모았다.

이런 상황에서 경험 많은 에이스 오타니 쇼헤가 나서준다면 더 이상의 다른 말은 필요치가 않았다.

코치들과 의견을 조율한 오쿠보 유키 감독은 요타니 쇼헤에게 직접 다가갔다.

그러자 막 아이싱을 하려던 오타니 쇼헤가 무겁게 한숨을 내쉬었다.

"교체는 없습니까?"

"이번 한 이닝만 더 부탁하네."

"하아……. 알겠습니다."

오타니 쇼헤는 마지못해 글러브를 집어 들었다.

오쿠보 유키 감독이 직접 와서 정중하게 부탁하는데 제 입장만 챙기기도 쉽지 않은 노릇이었다.

오타니 쇼헤가 더그아웃을 나서자 도쿄 돔을 가득 메운 관중들이 열화와 같은 환호를 보냈다.

관중들조차 오타니 쇼헤라면 이 위기를 막아줄 것이라고 확신을 한 것이다.

그러나 정작 오타니 쇼헤는 코칭스태프와 관중들의 지나친 기대가 부담스럽기만 했다.

말을 하진 않았지만 8회 이후 오타니 쇼헤의 구위는 부쩍 떨어져 있었다.

게다가 투구 수도 많았다. 한계 투구 수라 불리는 120구를 정확하게 채운 상태였다.

그런데 무사도 아니고 승부치기에 등판하게 됐으니 어깨가 무거워지는 것도 무리는 아니었다.

"후우……."

길게 숨을 고르며 오타니 쇼헤가 2루를 바라봤다.

2루에는 9번 타자 김하선이 나가 있었다.

그리고 1루에는 서건하가 슬금슬금 리드를 벌리고 있었다.

무사 주자 1, 2루 상황에서 타석에 들어온 건 2번 타자 구자운.

'분명 번트겠지.'

오타니 쇼헤의 생각처럼 구자운은 시작부터 번트 자세를 취했다.

1, 2루의 주자를 한 베이스씩 진루시켜야 하는 게 그에게 주어진 임무였다.

'쉽게는 안 될 거다.'

오타니 쇼헤가 질근 입술을 깨물었다. 그리고 눈으로 2루 주자를 견제한 뒤 포수 나카무라 요헤이의 미트를 향해 있는 힘껏 공을 내던졌다.

후아앗!

오타니 쇼헤의 손끝을 빠져나간 공이 구자운의 몸 쪽으로 붙어 들었다.

그러자 구자운이 움찔 놀라며 방망이를 거둬들였다. 아니, 거둬들이려 했다.

하지만 애석하게도 날카롭게 꺾인 공이 방망이 끝에 걸리고 말았다.

커터.

메이저리그에서도 가끔씩 보여주기식으로 던지던 그 공이 한국 대표팀 벤치의 빈틈을 파고든 것이다.

"젠장할!"

타구가 투수 정면으로 굴러가자 구자운이 이를 악물고 1루로 내달렸다.

그사이 타구를 잡은 오타니 쇼헤는 곧바로 3루를 향해 공을 던졌다.

퍼엉!

2루 주자 김하선이 도착하기도 전에 3루수 나카시마 타카야의 글러브 속으로 공이 빨려 들어갔다.

선행 주자 아웃.

"됐어!"

최상의 결과를 얻어낸 오타니 쇼헤가 보란 듯이 주먹을 움켜쥐었다.

그와 동시에 사방에서 일본 관중들의 함성이 터져 나왔다.

–오타니! 침착하게 2루 주자를 잡아냈습니다!

–제 말이 맞죠? 오타니 선수! 해낼 줄 알았습니다!

일본 중계진들도 흥분을 감추지 못했다.

오타니 쇼헤가 선행 주자의 진루를 막으며 아웃 카운트를 잡아낸 만큼 흐름은 일본 쪽으로 넘어왔다고 단언했다.

반면 한국 대표팀 더그아웃은 허탈함을 감추지 못했다.

"하아, 하필 그렇게 잡히다니……."

"오타니가 커터를 던질 거라고는 미처 예상하지 못했습니다."

"커터까지 대비하기에는 경우의 수가 너무 많았습니다."

“문제는 이다음입니다. 현우에게 번트를 대라고 할 수도 없지 않습니까.”

구자운의 번트 실수로 아웃 카운트만 하나 늘어난 상황이다.

여기서 3번 타자 김현우에게 어떤 작전을 내려야 할지 확신이 서지 않았다.

만약 구자운이 번트를 성공시키고 1사 주자 2, 3루가 됐다면 김현우에게 결과를 맡겼을 것이다.

오타니 쇼헤에게 강한 김현우가 깊숙한 외야 플라이나 까다로운 땅볼 하나만 때려내 줘도 3루 주자를 홈으로 불러들일 수 있었다.

하지만 1사 주자 1, 2루라면 이야기가 달랐다.

2루 주자를 홈으로 불러들이기 위해서는 안타가 필요한 상황이었다.

여기서 만에 하나 김현우가 병살타라도 친다면?

득점 기회가 날아가는 건 둘째 치고 다음 이닝 때도 득점을 기대하기 어려워질 가능성이 높았다.

3번 김현우에서 공격이 끝나면 11회 초 승부치기 때는 4번 타자 박병훈과 5번 타자 강준호가 주자로 출루해야 한다.

거기에 번트에 미숙한 6번 타자 황철민부터 타석에 들어서게 된다.

황철민 타석 때 대타를 써서 1사 2, 3루를 만들어도 7번 타자 황재윤 타석이다.

오타니 쇼헤에게 약점을 보이는 황재윤에게 적시타를 기대하기란 쉽지 않았다.

게다가 황재윤을 대신할 마땅한 대타도 없는 상태였다.

"어떻게 하시겠습니까?"

이선철 수석 코치가 김인선 감독의 의중을 물었다.

김현우를 교체하고 번트 작전을 강행하는 게 1안, 김현우에게 맡기는 게 2안이었다.

"교체합시다."

김인선 감독이 고심 끝에 1안을 선택했다.

일단 주자를 진루시킨 뒤 박병훈과 강준호의 한 방에 기대하는 게 최선이라고 판단한 것이다.

그 이면에는 한 점만 뽑아내면 한정훈이 어떻게든 경기를 마무리 지어줄 것이라는 기대 심리가 짙게 깔려 있었다.

"선수 교체!"

3번 타자 김현우를 대신해 대타 이영기가 호명됐다.

이영기는 번트 따위는 염두에 두지 않는다는 것처럼 타석에 들어서기가 무섭게 방망이를 곧추세웠다.

'번트보다는 병살타를 방지하기 위한 교체겠지.'

포수 나카무라 요헤이는 이영기의 타격 능력보다 빠른 발에 주목했다.

그래서 초구부터 몸 쪽에 붙는 포심 패스트볼을 요구했다.

오타니 쇼헤는 나카무라 요헤이의 판단을 믿고 공을 내던졌다.

그 순간, 이영기가 냉큼 자세를 낮추더니 날아드는 공을 향해 방망이를 쭉 내밀었다.

따악.

묵직한 소리와 함께 타구가 3루 쪽으로 흘렀다.

"젠장!"

라인 선상에서 수비하고 있던 3루수 나카시마 타카야가 뒤늦게 앞으로 뛰어 들어가서 타구를 잡았다.

하지만 그때는 이미 선행 주자들을 잡기 어려운 상태였다.

"1루!"

포수 나카무라 요헤이의 콜과 함께 나카시마 타카야가 1루로 공을 내던졌다.

다행히도 이영기의 발이 베이스에 닿기 직전 공이 먼저 1루수 야니기타 유이의 글러브 속에 빨려 들어갔다.

"아웃!"

두 번째 아웃 카운트를 잡아내긴 했지만 주자가 2, 3루로 바뀌었다.

그리고 타석으로 4번 타자 박병훈이 천천히 걸어왔다.

'박병훈은 거르고 강준호와 승부하자.'

벤치와 의견을 주고받은 나카무라 요헤이가 고의사구 사인을 냈다.

자존심이 상한 듯 오타니 쇼헤가 살짝 미간을 찌푸렸지만 고개를 젓지는 않았다.

메이저리그에서 홈런 타자로 인정받는 박병훈보다 강준호를 상대하는 편이 낫다는 데 동의한 것이다.

하지만 박병훈 대신 강준호를 선택한 판단은 결과적으로 실패로 이어졌다.

따악!

2사 만루 상황에서 오타니 쇼헤가 내던진 포심 패스트볼을 강준호가 정확하게 받아 친 것이다.

라이너성으로 뻗어 나간 공이 3루수 나카시마 타카야의 글러브 속으로 곧장 빨려 들어갔다.

아니, 들어가는 듯했다.

그러나 마지막 순간 나카시마 타카야가 완벽하게 포구해 내지 못하면서 공은 다시 글러브 밖으로 흘러나와 버렸다.

그러는 사이 3루 주자 서건하가 홈을 밟으며 선취 득점!

길고 길었던 0의 행진이 그렇게 깨지고 말았다.

"빌어먹을."

6번 타자 황철민을 외야 플라이로 돌려세우고 더그아웃으로 돌아온 오타니 쇼헤는 그대로 더그아웃 안쪽으로 사라졌다.

그리고 한참 동안이나 모습을 드러내지 않았다.

오타니 쇼헤가 다시 카메라에 모습이 잡혔을 때는 이미 경기가 기울어버린 다음이었다.

한정훈을 상대로 경기를 뒤집기 위해 일본 대표팀은 도박을 선택했다.

1번 타자 아키야마 신고와 2번 타자 유키 나스히로를 루상에 내보낸 뒤 더블 스틸 사인을 낸 것이다.

아키야마 신고와 유키 나스히로는 초구를 지켜본 뒤 2구째 3루와 2루를 향해 내달렸다.

더블 스틸을 눈치챈 박기완이 공을 받기가 무섭게 재빨리 포구 자세에 들어갔지만 느지막하게 스윙한 것으로도 모자라 시야를 가린 야마야 데쓰토 때문에 3루는 물론 2루에도 공을 던지지 못했다.

아웃 카운트 없이 무사 주자 2, 3루가 만들어지자 일본 대표팀 더그아웃이 소란스러워졌다.

여기서 안타 하나면 단숨에 2 대 1로 역전 우승을 차지할 수 있었다.

그러나 그 기대가 절망으로 바뀌기까지는 그리 오랜 시간이 걸리지 않았다.

퍼엉!

한정훈이 내던진 한복판 패스트볼에 3번 타자 야마야 데쓰토가 헛스윙 삼진으로 물러났다.

뒤이어 타석에 들어선 4번 타자 야니기타 유이도 초구 커터를 건드려 2루수 플라이로 물러났다.

무사 2, 3루가 순식간에 2사 2, 3루로 바뀌었다.

여전히 안타 하나면 역전 우승이 가능했지만 경기장에 흐르는 분위기는 그럴 가능성을 일축해 버렸다.

퍼엉!

퍼엉!

두 개의 바깥쪽 포심 패스트볼로 스트라이크를 잡은 뒤 박기완이 마지막 공으로 몸 쪽 하이 패스트볼을 요구했다.

불필요하게 유인구를 던지느니 과감하게 몸 쪽 승부를 펼쳐 경기를 끝내자는 이야기였다.

한정훈은 흔쾌히 고개를 끄덕거렸다.

그리고 전력을 다해 마지막 1구를 내던졌다.

"……!"

애써 감정을 추스르고 더그아웃으로 나온 오타니 쇼헤의 눈에 하필 그 공이 들어왔다.

적의 심장을 관통하는 창처럼 날카롭게 날아드는 벼락같은 일격이 말이다.

그 기세에 눌려 버린 나키타 쇼우는 자신도 모르게 방망이를 휘돌리고 말았다.

하지만 애석하게도 공은 방망이보다 한발 먼저 홈 플레이트 위를 스쳐 지났다.

퍼어엉!

묵직한 포구음 소리와 함께 모든 게 끝이 났다.

고개를 떨구는 나키타 쇼우.

고개를 흔드는 오타니 쇼헤.

그리고 한정훈을 향해 미친 듯이 달려드는 한국 대표팀 선수들.

2020년 도쿄 올림픽 야구.

우승국은 한국이었다.

to be continued

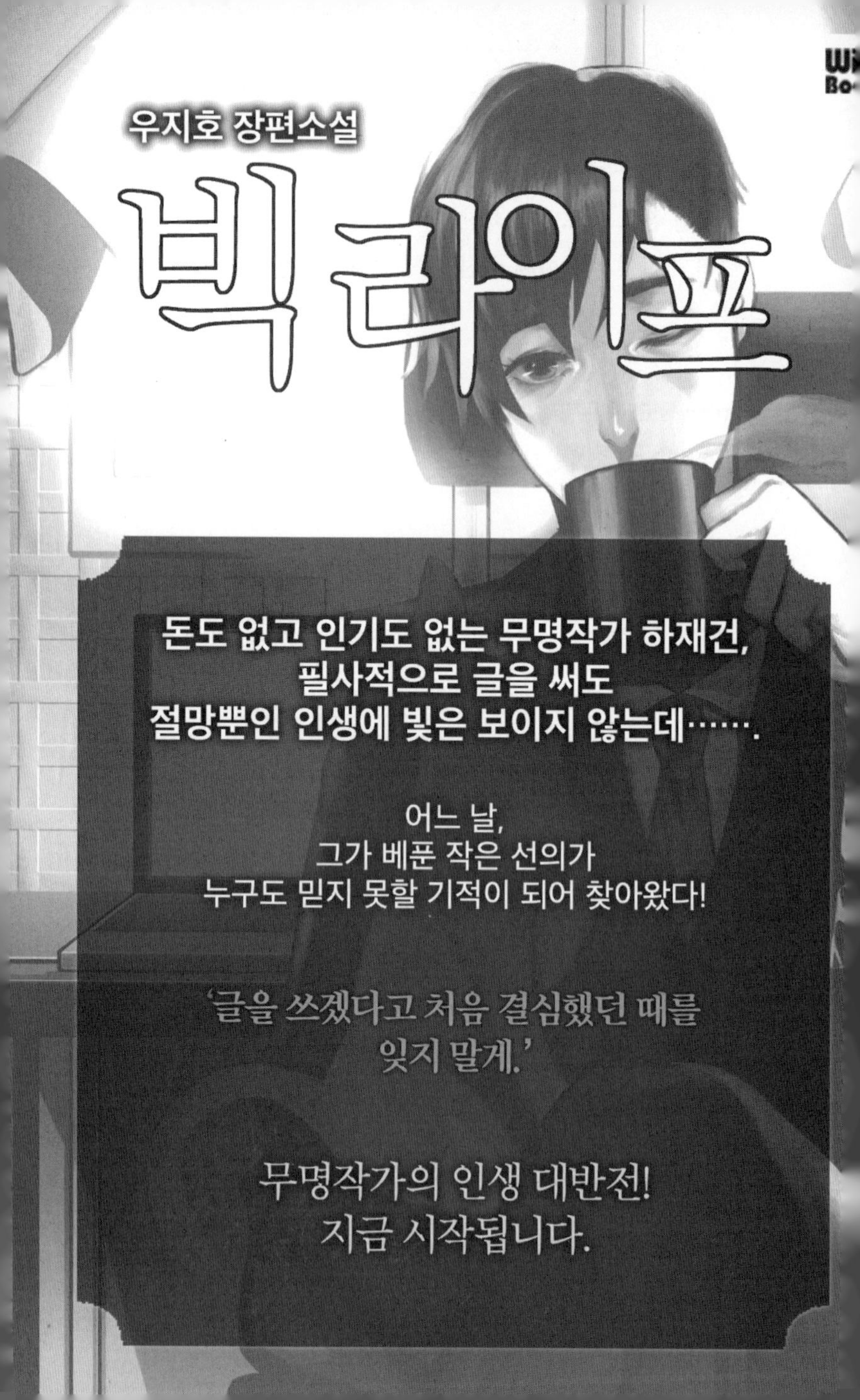
우지호 장편소설
빅라이프
돈도 없고 인기도 없는 무명작가 하재건,
필사적으로 글을 써도
절망뿐인 인생에 빛은 보이지 않는데…….
어느 날,
그가 베푼 작은 선의가
누구도 믿지 못할 기적이 되어 찾아왔다!
'글을 쓰겠다고 처음 결심했던 때를
잊지 말게.'
무명작가의 인생 대반전!
지금 시작됩니다.